Horrifiques

22 histoires terrifiantes

Maxime Hurtaux

ISBN : 9798832406015
Dépôt légal : Mai 2022. Imprimé à la demande par KDP.
Édité par Maxime Hurtaux, Val-de-Marne, 94520.

LISTE DES HISTOIRES

AVANT-PROPOS

Vous vous apprêtez à plonger dans un
univers de cauchemars. Après tout, telle est
votre volonté... Ainsi, l'intérêt que vous portez
pour les histoires horrifiques a placé cet
ouvrage entre vos mains. À ce moment précis,
probablement à la tombée de la nuit, votre
voyage commence...

Voici donc des histoires courtes, concoctées
rien que pour vous. Trois d'entre elles,
« Anthropophagis », « La nuit des loups
souverains » et « Les éditions infernales » ont
déjà fait l'objet, il y a quelques années, d'une
publication ebook. Ces trois histoires sont
donc de retour... Peut-être hanteront-elles
certains de vos rêves les plus terrifiants...

Quelques-uns des très courts récits que vous
trouverez dans les pages qui suivent ont,
quant à eux, été publiés par mes soins sur la

toile. Ou sous la forme traditionnelle de textes, ou sous la forme d'histoires audio. Ces nouvelles sélectionnées sont pour la première fois réunies dans un livre broché.

Puis, bien-entendu, vous trouverez, dans l'édition qui se dévoile sous vos yeux, des récits inédits.

Maintenant... Place aux histoires !

Horrifiques lectures à vous,

Maxime Hurtaux

O
и
S
E

DANGEREUX ABANDONS

Daniel était passé de la vie de serveur pour un grand restaurant à celle de consultant pour le secteur du bâtiment. Quelques formations et un sérieux plan de réorientation avaient transformé l'as des plateaux remplis de boissons et de victuailles en observateur de tout ce qui menaçait de s'effondrer. Ainsi, la vieille demeure du couple Francis devait passer le contrôle du fringant quadragénaire.

Les Francis étaient des gens froids au teint blafard. Vêtus tels des aristocrates, ils toisaient l'expert sans lui adresser la parole. Daniel commença par l'extérieur, mais il devait agir vite. La nuit approchait à grands pas et les lampadaires autour, de véritables antiquités, étaient munis de bougeoirs devenus hors-service. « La nuit semble tomber plus vite ici que partout ailleurs ! »

La blague pour réchauffer l'atmosphère conduisit son auteur dans une solitude sans nom. Les deux octogénaires plantés là ne décrochèrent même pas un sourire de politesse.

« Bon ! Comme vous vous en doutez, c'est loin d'être brillant. Heureusement que vous ne vivez pas dans ces murs. Cette demeure a du charme, mais il n'y a plus rien d'autre à faire que de la raser. »

La phrase venait à peine d'être prononcée, que la porte d'entrée se mit à grincer. « Elle s'est ouverte toute seule, vous avez vu ça ? ». Lorsque Daniel se retourna, les deux propriétaires n'étaient plus là. Au bout du vestibule, une petite lueur couleur or scintillait. Intrigué, Daniel s'engagea dans le couloir. Dans un souffle, la porte se referma derrière lui. Dans un petit salon à gauche, on devinait le parcours de l'étrange lumière. Daniel la suivit, tout en se promettant de ne pas aller plus loin ensuite. Etonnement, tout à l'intérieur était resté intact. De dos, une pianiste attaqua un morceau de ragtime. Daniel s'approcha d'elle. « Il ne faut pas rester là, madame. » La pianiste commit une fausse note et se retourna. C'était Madame Francis, avec quarante ans de moins. Elle sourit à l'homme. De toutes ses dents. « Un vampire, vous êtes un vampire ! » Daniel se retourna et se prit les pieds dans le luxueux tapis. Au sol, il se retourna difficilement. Assis, il n'arrivait plus à se relever, comme prisonnier d'un de ces cauchemars dont on ne s'échappe pas. Les Francis, en version jeune et carnassière, se placèrent au dessus de lui. Le mari dit à sa femme : « Il est devenu très difficile d'attirer les imprudents dans nos filets. Mais tu vois, ça fonctionne encore. »

Daniel les implora, alors que l'obscurité gagnait la pièce. Mais les deux créatures fantastiques et élégantes s'avancèrent, déterminées.

« Pourquoi moi ? »

D'une voix douce, la femme lui répondit : « Nous sommes connectés maintenant. Faire intervenir ici des experts en tout genre semble être la solution gagnante. Cher invité, soyez honoré d'être le premier. »

Le pauvre mortel les supplia une dernière fois. Sur un ton compatissant, le vampire, tout en tenant la main de sa tendre épouse devant l'éternel, adressa au malheureux une ultime phrase :

« Cher ami, malgré notre âge, nous sommes modernes, car voyez-vous, soyez rassuré, nous vous avons fait le virement de la totalité de votre intervention. »

LES RONCES DU SOUVENIR

Tania se sentait prête à retaper le taudis. La jeune veuve avait remonté la pente. Aller de l'avant devait passer par essuyer les plâtres. Mais au sens propre, cette fois-ci. Directrice dans un magasin de bricolage, Tania adorait rénover en musique la ruine qu'elle avait acquise « pour une bouchée de pain ». Cet après-midi là, alors qu'elle ponçait une ancienne porte de service, Tania entendit d'étranges interférences alors que se jouait l'un de ses morceaux rock favoris. « On dirait un vieux brouillage radio... Dans une enceinte connectée, c'est bizarre ! » se dit la jeune femme en posant la ponceuse sur les tomettes. Tania approcha une oreille de l'appareil qui n'émettait plus qu'une seconde sur deux.

« Tu ne resteras pas ! » souffla une voix fantomatique. Terrifiée, Tania recula et perdit l'équilibre. Sa tête heurta le vieux sol cimenté.

La jeune femme perdit immédiatement connaissance.

Quand Tania reprit connaissance, la musique résonnait de manière tout à fait normale. La petite playlist avait fait une boucle et la nuit chargée d'humidité commençait à tomber. Tania se releva difficilement et regarda le ciel tout en se frottant l'arrière de la tête. Les nuages gris avançaient au dessus de sa propriété. Au loin, Tania distingua des branchages le long d'une vieille barricade bonne à remplacer. « Ces branches et cette végétation... Elles n'ont jamais été là ! » s'étonna la propriétaire des lieux. Ramassant son smartphone posé sur le rebord de la fenêtre, Tania mit fin à la musique. Le haut-parleur signala de sa douce voix : « Power off ! »

Tania tourna les talons pour se diriger vers l'étrange barricade en proie à la nature. À peine avait-elle fait trois pas, que la voix fantomatique sortait de nouveau du haut-parleur : « Tania, tu n'es pas chez toi ! J'agis sur la nature, afin qu'elle regagne ses droits ! »

Pour avoir déjà, via une médium, contacté Andy, son défunt mari, la jeune femme comprit qu'il ne s'agissait pas de lui. En cette fin de journée d'été, une entité qui s'opposait à elle avait décidé de passer à l'action. Avec stupéfaction, Tania constata que du lierre était en train de grimper sur tous les murs de la bâtisse qu'elle rénovait. La simple mortelle passa à l'action :

— J'ignore qui tu es, mais je suis ici chez moi. Je réparerai, je resterai !
— Tu as du cran ! réagit l'entité dans un son saturé.
— As-tu seulement vécu ici ?
— Oui ! Et je ne te lâcherai pas !

La pelouse se mit à pousser de manière impressionnante. Au loin, le tonnerre se fit entendre avec fracas. Tania dégaina une enveloppe de la poche arrière de son jean. Rapidement, elle extirpa une photo jaunie du papier qui la protégeait.

— Regarde, hurla Tania, j'ignore si tu peux voir ceci ! J'ai trouvé cette photo dans une vieille armoire. Elle est très ancienne, mais il y a un père de famille. Est-ce toi ?
— J'ignore, j'ignore... Tu n'as que ce mot là à la bouche !
— Tu es la mère, c'est ça ?
— Des ronces vont sortir du sol, elles en finiront avec ta petite personne !

— Le petit garçon ? interrogea Tania alors que des bosses se formaient sous ses pieds.

— Prépare-toi à périr, ignorante ! ricana l'entité alors que les ronces commençaient à sortir et à écorcher les chevilles de Tania.

— Le jardinier ! Tu es le jardinier ! L'homme à gauche, au fond, au deuxième rang ! cria la jeune femme endolorie.

Contre toute attente, une soudaine éclaircie sur fond de soleil couchant vint rassurer Tania. Le lierre se mit à reprendre le chemin inverse, alors que la pelouse rétrécissait à vive allure. Les épines sortirent de la chair de l'humaine pour aller se reloger sous le sol humide.

— C'est ça, oui... Tu es le jardinier !

— Insolente ! Irrespectueuse mortelle ! Ma femme est enterrée en ces lieux ! Tout comme la petite famille dont tu brandis l'image !

— Enterrée ? souffla Tania horrifiée.

— Derrière la barricade. Un cimetière familial qui n'a pas été entretenu. Nos corps y reposent.

— Mais toi, ton âme n'est jamais partie...

— Je veux être sûr. Seulement à cette condition, je ne serai plus retenu.

— Je vis ici ! Je mets tout mon amour dans cette maison ! entonna Tania alors que la nuit tombait pour de bon.

De sa belle voix configurée en usine, le haut-parleur annonça : « Power off ». Dans un état second, Tania poussa un soupir de soulagement.

Deux mois après cet épisode, Tania prit un congé sans solde pour entreprendre la rénovation du cimetière. Sous les herbes folles, la jeune femme trouva les pierres tombales de chaque membre de la famille qui, cent dix ans auparavant, vivait sur ce qui était devenu ses terres.

Après deux semaines de travail, alors qu'elle fixait la dernière pierre tombale reblanchie au fongicide, Tania entendit son haut-parleur connecté refaire des siennes.

« Merci... Il est de retour parmi nous ! » annonça alors sobrement la voix d'un très jeune enfant.

LA CHASSE EST OUVERTE

La chasse à l'homme avait débuté. Quand Thomas ouvrit les yeux, il était au milieu d'une clairière. En caleçon, grelotant, le jeune homme se laissa aveugler par le soleil couchant. Se dressant sur ses pieds, la proie sentit monter l'adrénaline. « C'était pas du flanc cette légende ! Ils chassent les gens qu'ils enlèvent » constata le vagabond qui tentait de retrouver une respiration normale. Titubant, le malheureux alla s'appuyer contre le tronc d'un arbre centenaire. Au loin, un moteur de 4x4 se fit entendre. « Ils arrivent ! » se dit Thomas, les larmes au bord des yeux. Le ciel s'assombrit. Thomas réfléchit une seconde. « Mes forces reviennent peu à peu. Ils me veulent en forme ces salauds ! »

Se souvenant de sa capacité à escalader avec dextérité et sans crainte, Thomas entreprit l'ascension du vieil arbre. Le jeune homme venait à peine d'atteindre les premières branches hautes, que les puissants phares du véhicule déchiraient la nuit jusqu'à se projeter sur l'écorce, manquant d'éclairer le pied écorché de la proie.

Du haut de son perchoir, Thomas assista à la descente des chasseurs. L'écume aux lèvres, deux hommes trapus ayant dépassé la soixantaine s'apprêtaient à le traquer. Thomas reconnut celui qui l'avait pris en stop, avant de l'assommer violemment. « J'ai bien envie de commencer par toi ! » pensa Thomas, assailli par ses vieux démons. « Je suis recherché pour double meurtre et pour actes de tortures. Ce ne sont pas deux bouseux qui vont venir à bout du Roi des chemins ! » se dit la proie haut-perchée, dont le regard s'assombrissait au fur et à mesure qu'elle observait les salauds en bas. Dominé par le tueur en lui, Thomas craqua une branche. Contre toute attente, l'homme traqué tenait une ramification de plus d'un mètre. L'un des deux chasseurs leva les yeux. Il n'eut pas le temps d'avertir son complice. Thomas jeta la branche qui brisa net le crâne de l'exterminateur. À la fois horrifié et attristé, le second chasseur hurla d'une voix aiguë et cassée. Tremblant, l'homme armé aperçut, mis en valeur par les projecteurs, les doigts crasseux de sa proie descendre le long du tronc. Une pierre à la main, saisi d'un regard fou et animal, Thomas fondit sur l'homme qui commençait seulement à lever péniblement son canon en direction du prédateur. Le premier coup de pierre défonça d'un coup les deux parois orbitaires de l'agresseur. « Tu me déposes où ? » entonna dans un rire l'autostoppeur à celui qui l'avait endormi, drogué, séquestré et déposé au milieu d'un bois. Au sol, sonné et désarmé, le chasseur implorait dans un râle. Thomas porta un second coup de pierre au niveau de la bouche, ce qui eut pour résultat de faire taire sa victime. Tranquillement, aidé par la puissance des phares, le vagabond ramassa un fusil avant de venir surplomber l'homme qu'il s'apprêtait à abattre. « Dommage que je n'ai pas le temps de faire plus ! » lança Thomas avant de faire feu.

Machinalement, le jeune homme alla s'installer derrière le volant. Alors qu'il enclenchait la marche arrière, il entendit un son étrange. Prudemment, Thomas souleva la couverture située derrière lui. Le regard de chien battu du canidé attendrit instantanément le tueur en série. « Ne t'en fais pas ! Avec moi tu seras bien ! Allez ! Tirons-nous d'ici ! »

Le capitaine Laura Delcorpu écoutait attentivement le maréchal des logis qui avait procédé aux premiers relevés.

— Des projections de sang sur les troncs ici, là et ici.

— Vos conclusions ? demanda Laura à son subalterne.

— Accident de chasse. La branche tombe sur celui-là, le coup part en plein visage de l'autre.

— Vous me parliez des projections, mais le coup qui part en plein visage comme vous dîtes... Il est tiré de là, en direction du sol. Le tireur est debout ici, comme lors d'une exécution. Regardez le sol. Il s'est fait tirer dessus en pleine tronche, couché sur le dos.

— C'est juste capitaine... Ce serait un coup de celui qui est reparti avec le véhicule ? Trois braconniers. Accident, non. Bagarre qui tourne mal, oui. Le troisième repart ?

— Si c'est le cas, de toute façon, il n'ira pas loin ! décréta Laura.

— C'est certain capitaine ! On peut déjà être sûr d'une chose ! Nous n'avons pas à traquer un génie du crime ! lâcha l'enquêteur dans un rire teinté de flagornerie.

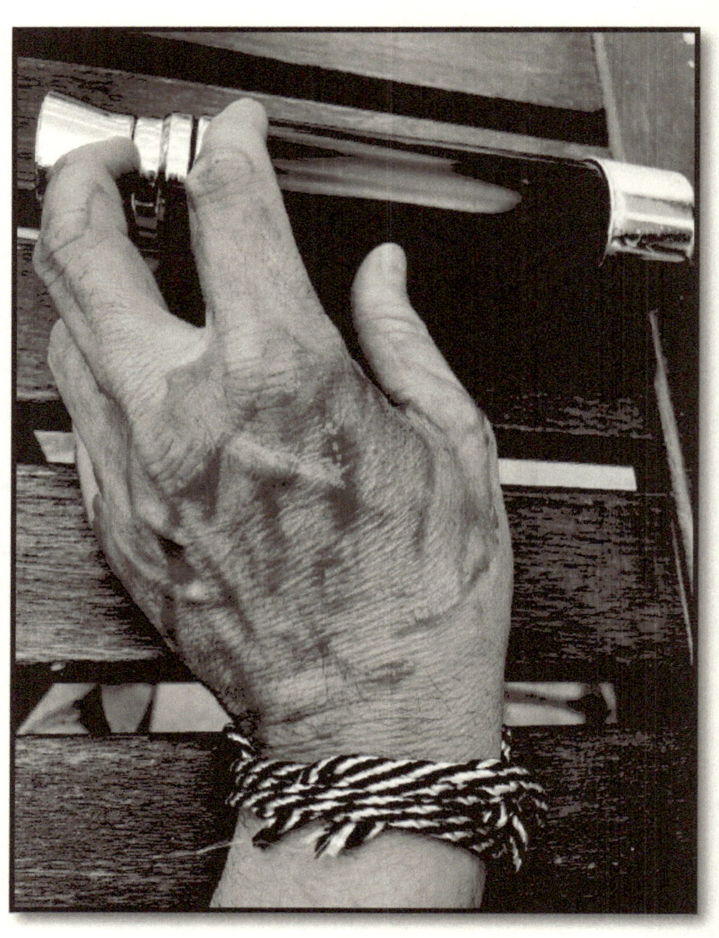

SANGLANTE CITADELLE

Le sang frais de ses adversaires sur les mains, Ordrik emprunta la passerelle des archers. Enjambant les cadavres, il se rendit face au soleil couchant. Endolori tout autant que les habitants de la forteresse, le bois craquait sous les pas alourdis du barbare. Alors que ses hommes achevaient au milieu des râles les survivants blessés, Ordrik ramassa la longue vue des mains du défunt capitaine de la garde. L'immense barbu admira les terres boisées qui s'offraient à lui. « Enfin un château à moi ! »

Sous un amas de boucliers effondrés d'un pupitre, Rodrigue, quatorze ans, ne lâchait pas du regard le monstrueux Ordrik. Les larmes dans les yeux, le jeune ménestrel sentait la colère le gagner. « Non, je n'ai plus peur… Il a massacré mes amis et tous ces innocents. »

Savourant la vue à l'aide de l'équipement optique - qu'il eut été bien incapable de fabriquer lui-même - Ordrik tournait le dos au musicien qui venait de céder à l'esprit de vengeance. La lame de l'épée traversa l'envahisseur. Les yeux soumis à la douleur et à la terreur, Ordrik fixait la lame rouge sang qui dépassait de son torse. Difficilement, l'arme plantée au travers du corps, le chef guerrier se retourna pour affronter le regard de celui qui l'avait tué. Le visage fermé et la mâchoire serré, le frêle artiste le défia du regard. Ordrik chancela. D'un coup de pied énergique, Rodrigue projeta la redoutée légende hors des murs. Ordrik alla se briser au fond des douves sèches. Cinq hommes du défunt montèrent sur la passerelle. Deux face à Rodrigue, trois évoluant derrière lui. Furieux, ils formaient une assassine tenaille. Rodrigue ramassa un fléau d'armes. Hurlant à pleins poumons, le combattant novice fit tournoyer son arme. La peur le gagna de nouveau. La pire mort l'attendait. Soudain, un sifflement salvateur annonça les renforts. Les terribles assaillants qui arrivaient derrière le brave tombèrent, frappés par de multiples carreaux. En contrebas, les libérateurs arrivaient en nombre, mais Rodrigue, unique survivant du massacre, devait seul affronter les deux tueurs expérimentés qui se tenaient face à lui. Avec rapidité, le premier taillada Rodrigue au flanc droit. La lame fine était redoutable et tenait dans le creux de la main. Rodrigue comprit qu'il se ferait littéralement découpé s'il n'en finissait pas vite avec l'ennemi. Alors, le jeune garçon frappa au hasard, mais de toutes ses forces. Un coup porta. L'épaule du découpeur se désolidarisa de son bras. La petite arme passa entre deux lames de plancher. Rodrigue asséna un coup fatal sur la nuque de son assaillant. Le second fonça sur lui en criant, jurant de venger les morts de son clan de meurtriers. La hache ensanglantée de l'habile guerrier effleura la joue du musicien qui sentait déjà le sang s'échapper de son flanc. « Je ne tiendrai plus longtemps. »

Cinq autres disciples de feu Ordrik venaient d'accéder à la passerelle. Titubant, Rodrigue les distingua. Malgré le flou qui envahissait son regard, l'artiste distingua les massues et les sabres qui dansaient tout en se rapprochant. Alors que la hache s'élevait pour l'abattre, Rodrigue fonça tête baissée, percutant en plein ventre son ennemi pour l'entraîner dans sa chute. Le porteur de la hache s'écrasa, le dos se brisant sur le corps du vieil Ordrik.

Amorti par le corps de ses ennemis, Rodrigue demeura le seul rescapé de la terrible invasion. Ce jour fut le seul où Rodrigue tua, après avoir cédé aux sirènes de la vengeance... Et de la survie.

CONTINENTAL
CONTINENTAL

ENCRES SANGLANTES

Les démons avaient gagné la partie. La gorge
nouée, Charlie était en sueur. Le ventilateur au
plafond tournoyait sans soulager la fièvre
folle. La nuit était dangereusement proche.
L'écrivain maudit descendit d'une traite ce
qu'il restait de rhum. Puis il envoya sans
ménagement la bouteille vide dans la corbeille
en osier. « Un cadavre de plus ! » déclara le
poète, alors que ses mains endolories
parcouraient les touches rondes. Mot après
mot, Charlie le séducteur passait à table.
C'était là son meilleur roman, celui de la
confession. La serveuse noyée qui se débattait,
la réceptionniste découpée alors qu'elle était
encore consciente, la gamine des rues lardée
de coups de couteau, par surprise, pour voir
quel effet ça faisait... En se remémorant ses
victimes, Charlie se sentait inspiré, les ailes lui

poussaient. Les phrases venaient sous ses doigts, alors qu'il revoyait sans cesse le visage de l'horrible marâtre qui l'avait élevé.

« C'est de ta faute, mère ! » fut la phrase de conclusion. Autant de corps disparus que de métaphores flamboyantes étaient couchés sur le papier. L'assassin retira la dernière feuille de sa fidèle machine. Le tueur à la plume acide regarda un instant le briquet situé près du cendrier nacré. « Je ne vais quand-même pas renoncer à ma liberté en ce paradis tropical… »

Dans une main, le tas de feuilles noircies d'aveux, dans l'autre, le briquet aux effluves de pétrole… « Allez, je brûle tout, l'inspiration reviendra un soir, sans que je n'ai à avouer quoi que ce soit ! ». A la seconde où la flamme jaillit, l'inspecteur Doyle força la porte. Deux adjoints de la police locale empêchèrent Charlie de détruire les preuves à l'encre encore fraîche. Plaqué au sol, le tueur pleurait et exigeait compréhension et compassion. « Garde ça pour le juge ! » lui asséna victorieusement Doyle. L'enquêteur feuilleta les pages qui venaient de lui être remises.

« C'est là ton plus bel ouvrage, je dois l'avouer. Ces écrits demeureront, je le crains… Confidentiels. »

UN SUJET ÉPINEUX

Le vieil Edmond payait toujours rubis sur l'ongle. Ce qui inquiétait Daniel, c'était le lieu que le bandit expérimenté avait choisi. Une ancienne usine délabrée... Le règne des pigeons, de l'humidité et du verre brisé.

Heureusement, le temps était chaud et sec. Les lieux avaient été purifiés par le soleil. Dans un sac de sport bouffé par les mites, Daniel avait balancé les bijoux volés. Edmond et son homme de main, un boxeur bossu et retraité depuis peu, se présentèrent face au cambrioleur. Sans un mot, celui-ci leur jeta le sac. L'homme de main attrapa le bagage au vol et l'ouvrit sans perdre des yeux le petit voyou. Edmond regarda vite fait, sans toucher. « C'est en vrac. C'est pas du boulot, ça ! » grogna le gangster aux cheveux brillants. En un signe que Daniel ne remarqua pas, Edmond ordonna à son complice de balancer le sac gris « au Dany », comme on le surnommait. Sur chacune des épaules du boxeur pendait d'une seule lanière un sac à dos. Un mauve, contenant des billets de banque, et un gris. Le sac à dos gris atterrit aux pieds de Daniel. Pressé, le malfrat ouvrit ce qu'il croyait être une juteuse récompense. Le premier scorpion le frappa sur l'index. Daniel eut à peine le temps de crier sa douleur, qu'il aperçut le second qui, furtivement, lui courait le long du bras gauche. La bête atteignit son dos. Le troisième scorpion, le plus gros, grimpa directement sur son visage. Le quatrième regagnait quant à lui sa liberté, filant à vive allure sur le ciment au sol, évitant dans sa course le bec d'un pigeon. L'imprudent volatile affamé n'avait jamais rencontré pareille proie. Trois fois atteint, Daniel perdit connaissance. Les yeux mi-clos, il vit se pencher au dessus de lui l'homme de main, alors que le moteur de la luxueuse voiture de ce cher Edmond tonnait au loin. « Je vais m'occuper de tes funérailles. » déclara froidement l'amoureux des animaux étranges, tout en caressant l'endroit où, sur son large cou, un scorpion tatoué à Hanoï siégeait.

LA VHS DE L'HORREUR

Bruno n'était pas revenu de la brocante les mains vides. L'adolescent allait enfin pouvoir utiliser le magnétoscope VHS qu'il avait réparé avec son père. Il ne manquait plus que les cassettes... Et elles venaient d'être fraîchement achetées. Que des films cultes, certains enregistrés lors de diffusions télévisées. En ce samedi après-midi, seul dans sa chambre, Bruno laissa le lecteur engloutir la cassette de « La nuit des masques ». C'était en tout cas le titre que promettait la jaquette de magazine grossièrement glissée dans le boitier souple et noir corbeau. Le mécanisme se mit en route. Cet enchaînement de sons ravit le jeune cinéphile.

Installé sur la petite banquette, au fond de sa tanière, Bruno savourait l'expérience dans la pénombre. Au loin, les bruits des passants qui, en cette journée ensoleillée, profitaient de la brocante, semblaient s'être attribué la mission de rassurer le spectateur.

Bruno ouvrit le paquet de chips posé sur la table basse. Au delà de ses attentes, les premières images et les premiers sons le saisirent littéralement. Un homme d'une trentaine d'années, terrifié et ligoté, blessé à la tête, en tenue de livreur ou d'employé de maintenance, subissait des sévices infligés au couteau de cuisine. Il ne s'agissait pas d'un acteur. Le tout était filmé au caméscope. Le cameraman riait exagérément tandis que son complice s'adonnait, affublé d'un masque de mort-vivant, aux mortels sévices. Eprouvé au bout de dix secondes, Bruno pressa la touche pause. Le magnétoscope était un quatre têtes de lecture des années 90, l'image était par conséquent nette. Le visage d'un homme à l'agonie était figé dans le carré quatre-tiers de l'écran Full-HD. Appliquant fortement la lame sur la joue gauche du supplicié, une main imposante aux ongles sales présentait au niveau du pouce trois points grossièrement tatoués. Une désuète injure anti-police. Aucun doute... C'était bien la main du septuagénaire qui, dix minutes auparavant, installé derrière son stand dans la rue perpendiculaire, lui avait vendu le lot de cassettes. Bruno entendit s'effondrer la baie vitrée qui séparait le jardin de la cuisine. Il se leva et se saisit du cutter posé sur son bureau. Essoufflé, il se posta derrière la porte de sa chambre. Une conversation glaçante s'éleva du rez-de-chaussée. « Pourquoi tu les as vendues ? » Il s'agissait de la voix du cameraman. « Je ne m'en souvenais plus ! Et ferme la, imbécile ! » Le vendeur, la voix rauque et marquée par les excès, venait de s'exprimer avec agressivité. « Ils sont là ! Quel cauchemar ! » se dit Bruno tout en manipulant son smartphone. De la rue, les voix de promeneurs s'élevaient à un rythme régulier. « Dommage que j'ai la chambre avec fenêtre de toit. » pensa l'adolescent effrayé. Une opératrice des appels d'urgence décrocha. L'adolescent se mit à bredouiller à voix basse. La porte de sa chambre s'ouvrit alors sous l'impulsion d'une rare violence. Silencieusement, les assassins avaient réussi à atteindre l'étage.

Sonné, sur le dos, Bruno avait lâché son téléphone. L'écran fendu, l'appareil était désormais à l'autre bout de la chambre. La petite soixantaine, le cadreur spécialisé dans l'horreur véridique avançait, faisant grincer le rire sournois de sa jeunesse. Il filmait le visage de l'adolescent, l'aveuglant avec la torche de son téléphone, un vieux modèle encore très prisé sur le marché du reconditionnement.

Bruno sentit qu'il avait encore le cutter dans la main. L'adolescent hurla la première partie de son adresse. Il n'acheva pas sa phrase, cette tentative de survie lui valant un coup de pied au visage. Le vendeur étourdi venait de lui faire goûter sa semelle crantée. Sans hésiter, Bruno fit jaillir la lame émoussée d'un coup de pouce. Il se jeta en avant et, d'un geste ferme et appuyé, taillada le cameraman au niveau du pied. Le sang surgit avec abondance. L'homme ne portant que des sandalettes, la lame n'avait rencontré aucun obstacle. Celle du couteau de cuisine préféré de la maîtresse de maison n'en rencontra aucun également. Maniée avec dextérité par le papi au tatouage dépigmenté, la lame fila le long de la paupière de Bruno. Persuadé d'être désormais borgne, le jeune homme entreprit avec rage de rendre la pareille. Voir distinctement sur petit et grand écran était sa passion, il s'agissait donc de rendre œil pour œil. Bruno agita désespérément son bras dans le vide. En luttant pour sa survie, l'adolescent avait, sans le savoir, tranché large. Le jeune combattant venait d'atteindre son adversaire au torse. Hagard au milieu d'une chambre décorée à l'hémoglobine, Bruno ouvrit les yeux. Les deux semblaient fonctionner.

Livide, l'agresseur à la caméra se compressait le pied à l'aide d'un t-shirt à l'effigie de Conan ramassé au sol, tandis que son complice était adossé au mur, rendant son dernier souffle. Titubant, encore sonné par le coup de pied, Bruno perdit connaissance. Quand il se réveilla, affalé dans un fauteuil club du salon, l'adolescent constata que la police avait investi la maison. « On attend tes parents, ils sont prévenus. » La paupière pansée, examiné par un médecin, Bruno eut le loisir d'assister à l'évacuation sur brancard de l'agresseur survivant. Sanglé, le sadique, jusqu'alors impuni, avait le regard dans le vide et le pied bandé à la hâte. La porte d'entrée ainsi ouverte, Bruno aperçut au coin de la rue, comme s'ils étaient au ralenti, son père et sa mère qui accouraient, une haie d'honneur de représentants de la loi leur indiquant le chemin qu'ils parcouraient chaque jour mais qu'ils semblaient découvrir. Soulagé et éprouvé à la fois, l'adolescent, incapable de lutter contre une exceptionnelle fatigue, ferma les yeux. Il laissa son jeune corps accéder à un bref repos, ô combien mérité. A la seconde où il lâcha prise, une formule s'imposa à son esprit : « Générique de fin ».

LA TOMBOLA DU DIABLE

Le petit Eddie avait désobéi à sa mère. Il était minuit et le pré-ado n'avait pas regagné la modeste demeure du quartier ouvrier. Élever seule trois garçons ayant dépassé les dix ans n'est pas chose simple. Evelyne, en bonne mère dépassée par les tumultes, l'avait appris à ses dépens... Eddie n'était pas comme ses grands frères. Il tournait mal. « De la graine de voyou ». Prêt à tout pour obtenir sans peine ce qui lui faisait envie, le blondinet aux ongles encrassés par le sucre des bonbecs était sorti à la fête foraine armé d'un canif. C'était du bout de sa lame brillante et aiguisée, agitée avec effets sous le nez d'un gosse de bourgeois terrifié, que le petit Eddie avait obtenu son billet de tombola... Tombola dont le tirage au sort était imminent. Un vélo américain en guise de premier prix ? Pas mal. L'animateur micro faisait monter sur scène chaque gagnant. Un processus long et ennuyeux, mettant à l'honneur des cibles emballées, des ballons de foot et de volley, ainsi que quelques pitoyables peluches. « Moi Eddie, j'ai le 13 ! » Le petit voleur trouvait que ça faisait cliché. Mais les superstitions, pour ce qu'il en savait, c'était une affaire réservée aux adultes. Le moment du grand gagnant était venu. Enfin ! Ticket à la main, Eddie espérait. Alors que l'animateur en faisait des tonnes - dans le but de séduire les trois jeunes femmes au premier rang - Eddie aperçut un gendarme qui, d'un air sérieux, cherchait quelqu'un. « C'est pour moi ! Ou c'est ce sale richman, ou c'est ma reum qui m'a balancé ! » Le petit voyou alla se cacher derrière une caravane de forain. Dans l'obscurité la plus inquiétante, Eddie sentit qu'il venait de changer d'univers. L'espace d'un pas, l'ambiance n'était plus terrestre. Une voix rauque souffla derrière lui. « J'ai le ticket gagnant ! » Tremblotant, se remettant à peine de son léger sursaut, l'enfant se retourna lentement. Dans la pénombre, éclairé par une lumière faiblarde provenant d'un hublot de caravane, un zombi en putréfaction tendait au gosse deux tickets ensanglantés. Au bord des larmes, le petit Eddie chiffonna sans s'en apercevoir le reçu en papier qu'il avait dérobé à son honnête acheteur. « C'est le 13 que tu as, hein ? Je l'attends depuis toujours, c'est mon billet retour pour les enfers ! » Prêtant main forte au mort-vivant, un bras décharné jaillit du sol boueux, saisissant d'un coup sec la cheville du chenapan. Le petit garçon effrayé sortit alors son canif, mais les coups qu'il portait à la main d'outre-tombe étaient vains. En pleurs, le gamin implora la pitié des êtres fantastiques qui l'avaient pris à partie. « Le numéro 11 ! »

Machinalement, Eddie tourna son regard vers la scène. Le gagnant du vélo n'était autre que le petit qu'il avait rançonné. Les parents du gosse agressé, des notables qui n'étaient pas à un sou prés, avaient racheté un ticket pour leur fils traumatisé. En l'espace de cinq secondes, tiré vers le bas avec acharnement, Eddie avait été englouti dans le sol devenu temporairement marécageux. Le zombi aux deux tickets ensanglantés suivit volontairement le pauvre garçon par le même chemin étrange, avant que le passage ne cède de nouveau sa place à un sol ferme.

Le mort-vivant était désormais muni d'un ticket supplémentaire, le fameux numéro 13, flambant neuf... Et légèrement froissé.

LE TRACTEUR DE
LA DERNIÈRE CHANCE

Blessée à la jambe, Cathy traînait la patte. L'hémorragie était importante. Mais la jeune femme tenait à la vie. Il n'était donc aucunement question de s'arrêter, malgré la douleur. La serpe de l'assaillant avait déchiré sur dix centimètres la peau fine et tatouée du mannequin vedette. Le soleil était bas et rouge vif. « S'enfuir avant la nuit. » Le mot d'ordre résonnait dans la tête de la fugitive. Les deux frères masqués se rapprochaient. Au milieu des poules effrayées qui virevoltaient, Cathy se retourna. Les deux fermiers tortionnaires avançaient côte à côte, l'un brandissant sa serpe, l'autre sa hache. La battante était elle aussi une fille de la campagne. Elle n'avait jamais croisé la route de tels fous furieux, mais elle avait beaucoup appris des gens de grande valeur qui l'avaient élevée. Le vieux tracteur. « Sûre qu'il tourne comme une horloge ! »

Deux jours auparavant, alors que sa troisième nuit en tant que captive allait commencer, la brune aux yeux bleus avait entendu l'un des deux monstres déplacer le tas de tôles. Elle avait analysé tous les sons. Les clefs étaient encore sur le contact, elle le savait.

D'un pas entravé à l'autre, d'un glissement de semelle sur le sol aride au suivant, Cathy atteignait enfin l'épave. La célébrité sauta à bord de l'engin, dans ce même élan qu'elle maîtrisait enfant. « Le démarrage, à ne pas planter... » Une seconde chance ne lui serait pas donnée. Les assassins étaient à vingt mètres. La fugitive tourna la clef lentement. Le moteur à explosion lui répondit par l'affirmative. Cathy activa la marche arrière. Par un habile coup de volant, s'aidant du rétroviseur crasseux et fendu, elle parvint à faire chuter l'un des frères maudits. L'attaquant à la serpe eut la main gauche transpercée par une fourche tombée au sol à la suite du démarrage. Hésitant entre porter secours à son complice et continuer la poursuite, l'homme à la hache perdit les précieuses secondes qui auraient fait de lui le vainqueur de cette course macabre. Lancée, Cathy gagna en vitesse. Elle s'engagea sur le chemin. Au bout de dix secondes, elle dépassa sa voiture de collection en panne, abandonnée dans les herbes hautes. La nationale était à cent mètres, deux-cent tout au plus. La hache émoussée fendit l'air. C'est à la dernière seconde que Cathy entendit de près son sifflement. Le rétroviseur vola en mille éclats. Cathy hurla, se cramponnant au volant, retenant ses larmes pour continuer à distinguer dans la pénombre. Il s'en était fallu de peu. Mais il fallait s'accrocher. La direction était en train de lâcher. Cathy devait tenir bon, coûte que coûte. La conductrice ensanglantée atteignit enfin la nationale. Bien entendu, à cette heure de pointe, l'axe était fréquenté. Le capot fumant, le véhicule de fortune stoppa net. En cherchant à descendre, Cathy tomba inanimée de la petite carcasse sur roues. En face, cinq voitures qui se suivaient à distances plus ou moins raisonnables se mirent à donner du frein, manquant de déclencher un carambolage en fin de file. Avant de s'évanouir, Cathy aperçut en contre-jour trois silhouettes voler à son secours.

Un an jour pour jour après ce cauchemar, Cathy signifia aux équipes qui l'entouraient qu'elle souhaitait s'installer à la campagne, prendre du recul, vivre de nouveau ses bonheurs d'enfant. « Mais es-tu sûre d'être prête ? Ton traumatisme est encore fort, même si tu t'en sors très bien. Ici, en pleine ville, tu es en sécurité avec nous tous. » lui confia Edith, son assistante, le ton empli de bienveillance et d'inquiétude à peine masquée. Assise en face d'elle, Cathy lui prit alors affectueusement les mains. « La ville m'étouffe. Je suis tombée en rade avec cette maudite caisse en me rendant d'une ville à l'autre. J'ai été en danger loin de vous, loin de cet environnement, c'est vrai. Mais je ne me sentirais bien que si je retourne auprès de mon père. Et tu vois, aussitôt après avoir posé ma valise, je compte bien conduire notre vieux tracteur. »

LA BÊTE DES GRANDS ESPACES

Essoufflé, Sam stoppa net face à la vue qui s'offrait à lui. C'était ici, comme en témoignaient les traces laissées par les grandes roues cerclées de fer, que les diligences effectuaient leurs demi-tours. Au-delà, la montagne n'était plus praticable. La nuit glaciale s'abattait déjà et des chutes de neige aussi intenses que celles de la semaine passée avaient été annoncées. Colt à la main, à court de munitions, Sam avait pensé à compter. Deux balles attendaient d'être libérées dans une allure vive et salvatrice. Toutes les autres, plantées dans la bête, n'avaient fait preuve d'aucune efficacité. A court d'idées, le jeune adjoint du shérif préféra penser aux siens. Le roman de sa vie défila pour se terminer sur l'image de Rose, six ans, sur son sourire, semblable à celui de sa mère, Mary, la femme que Sam aimait éperdument. L'instinct de survie réactivé face au manque de lumière,

Sam revint au triste instant présent, laissant échapper un soupir de dépit. Le ciel s'assombrissait et il était vain d'attendre de l'aide à cette heure tardive. L'être imposant qui le poursuivait n'était pas un grizzly. Il s'agissait d'un membre d'une espèce inconnue, voire d'un démon, d'un exemplaire unique. Les contrées gigantesques recelaient d'innombrables mystères. Ici-bas, un grand nombre d'êtres fantastiques, de notre monde ou d'ailleurs, demeuraient inconnus, même pour les femmes, hommes et enfants qui vivaient sur le vaste continent américain depuis des millénaires. Sur sa droite, à dix mètres de lui, le monstre surgit dans un fracas de branches cassées. Du haut de ses quatre mètres, dressé sur deux robustes pattes arrières, les griffes de ses puissantes pattes avant sorties, la boule de poils grogna. Ses lèvres tremblantes dévoilèrent dans l'effroi ultime des dizaines de dents pointues désordonnées. Sam hurla plus fort que le monstre. Il dégaina et fit feu. Deux coups qui firent écho au courage d'un être humain esseulé. Les balles se logèrent, comme les autres tirées quelques minutes plus tôt, dans la carcasse de la bête. Inébranlable, l'animal, jusqu'alors préservé du regard humain, fondit sur le pauvre homme. Sam ferma les yeux. Un hennissement lui rendit espoir. Derrière lui venait de se positionner Orage Brun. « Le meilleur des chevaux ! » en conclut Sam, juste avant de se retourner pour courir. Evitant un sifflant coup de griffes, Sam atteignit son ami, se mit en selle et détala au grand galop. Des années plus tard, Orage Brun quitta ce monde. En regardant Rose pleurer du haut de ses seize ans le fidèle compagnon, Sam eut une révélation... Dix ans en arrière, en montagne, une force inconnue issue de la nature avait mis à l'épreuve, dans une même attaque, sa personne et son ami l'équidé. Sam comprit alors ce qui liait réellement l'être humain aux animaux qui le côtoyaient depuis la nuit des temps. Un point commun indéniable. Une âme. Une âme sans cesse mise à l'épreuve.

SANS ARTIFICE

Déjà très en retard, Paula devait fermer boutique. Sa période d'essai venait d'être franchie avec succès. Et surtout, la jeune femme n'avait plus peur de cet endroit étrange. L'ex-étudiante en cinéma s'était enfin habituée aux masques de monstres, aux armes ensanglantées factices et aux animaux venimeux artificiels qui de toutes parts la cerclaient quotidiennement. Paula s'apprêtait à sortir du magasin quand un bruit sourd retentit. Le son inattendu provenait de la réserve. Une étagère mal fixée? Les convoyeurs de fonds ? Impossible à cette heure. Derrière la porte de la réserve, quelqu'un toqua. Trois fois. « Il y a quelqu'un ? » demanda Paula. Aucune réponse. « Ai-je enfermé un client ? Un gosse ? » L'inconnu toqua de nouveau, plus timidement. Inspirant profondément, Paula désactiva l'alarme qu'elle venait d'enclencher.

Dans un soupir las, elle se rendit à la porte de la réserve. Du trousseau, elle extirpa la plus petite clef. Sur ses gardes, la karatéka amatrice ouvrit la réserve. Face à elle se tenait la marionnette de collection de M. Schreder, le propriétaire. Debout, la tête relevée, le pantin, semblable à ceux que l'ont voit dans les films de genre, l'observait. « C'est une blague? Elle est de mauvais goût ! » entonna courageusement la vendeuse.

— En plus, le nœud papillon de Gary est de travers! M. Schreder appréciera! Allez, montrez-vous!
— Mais je suis là, lui répondit d'une voix aigrelette le pantin.

Dans un hurlement d'effroi, Paula sortit et referma la réserve à double tour. La grille d'aération fixée trois mètres au dessus d'elle sauta, poussée par le petit corps du pantin. Paula reçut la grille métallique sur le nez. Elle se frotta le visage. Titubante, Paula saignait abondamment. La marionnette ne tarda pas à lui tomber dessus, portant ses petites mains de bois à la gorge de l'employée. Sans trop de peine, la sportive se débarrassa de son agresseur, le projetant contre le vieux mur en briques rouges. En retombant au sol, Gary se brisa. Dans la foulée, Paula téléphona à son patron. Sans faiblir, d'une voix sûre, elle lui raconta l'incroyable expérience qu'elle venait de vivre. « Il a recommencé. Je suis désolé. Je pense que cette fois-ci, je ne le réparerai pas. Gary ne supportait pas que j'emploie d'autres personnes que lui. Heureusement, vous êtes saine et sauve. Fermez et rentrez chez vous. Je viens nettoyer. »

Le soir-même, M. Schreder rendit visite à sa salariée. Il la supplia de ne raconter à personne l'extraordinaire histoire. Il lui garantit par ailleurs que Gary était bien le dernier objet vivant de la boutique. Sur le pas de la porte, alors qu'il ajustait son chapeau, le vieil homme dit à Paula, sur un ton qui se voulait rassurant : « Ne craignez rien des autres articles. Ils ne sont pas habités... Pas encore. »

FATAL DÉCLIC

Jack avait volé les clichés. Toute honte bue, il avait fait croire que chaque photo qui correspondait à ses grands débuts avait été prise par lui. Il n'en était évidemment rien. Le pauvre Marcus n'était plus de ce monde pour tenter de prouver qu'il était bien l'auteur des superbes clichés pris du ciel. Jack et sa notoriété devaient tout à ce vol manifeste.
Clara était un modèle réputé, mais elle était aussi une immortelle. Depuis des siècles, elle changeait de destin, s'attardant, malgré elle, plusieurs décennies sur une apparence qui évoluait à un rythme moins soutenu que chez les pauvres mortels. Clara avait dix-neuf printemps depuis trente ans. Et elle savait. Elle avait aimé Marcus... Elle préparait sa vengeance depuis plusieurs années. Seule avec un Jack qui se pavanait dans la suite royale, Clara attendit la fin de la première pellicule pour empoigner le vaniteux et le projeter par-

dessus le balcon. Surpris par tant de force, Jack regarda dans les yeux celle qui venait de l'envoyer dans l'autre monde. Pendant cette courte seconde, l'artiste maudit comprit qu'il payait là le prix de sa malhonnêteté. La phrase de Marcus, l'ami qu'il avait trahi, résonna dans l'esprit de Jack au moment où son corps toucha le sol : « Si tu veux saisir les meilleures images, tu dois accepter et comprendre cette part de fantastique qui anime tout ce qui passe devant ton objectif. »

L'ENCRE ET LA VASE

Contre toute attente, Jeff, écrivain maudit, ne trouva pas l'inspiration à la campagne.
Le jeune homme était hanté par une terrible vision. Celle de l'inconnu qu'il avait tué sauvagement au coin d'une rue.

Ivre, Jeff s'était battu une fois de plus, une fois de trop. En ce début d'automne, le créatif ne savait plus s'il s'était mis au vert pour fuir la police ou pour trouver un souffle nouveau.

Cet après-midi là, au bout du sixième verre, Jeff quitta des yeux la machine à écrire pour découvrir, se hissant à sa fenêtre, le malheureux ivrogne qu'il avait assassiné. L'écrivain s'empara d'un coupe-papier et courut se réfugier dans un coin de sa chambre. Le mort vivant en décomposition avança, hagard et déterminé, jusqu'à sa victime. Jeff poinçonna autant qu'il put l'assaillant, jusqu'à ce que celui-ci vienne à bout de sa jugulaire. Le lendemain, Jeff se réveilla dans les bois, comprenant qu'il était à son tour devenu zombi. Un besoin irrépressible de se venger de quelqu'un qui lui avait fait du mal s'empara de l'ancien mortel. Très vite, Jeff comprit que le seul être a détruire s'il fallait se venger, n'était autre que lui-même. L'écrivain infernal s'enfonça alors dans l'étang de l'inspirante propriété mais il n'y disparut pas, contrairement à ce qu'il souhaitait.

Depuis ce jour, l'étang de l'écrivain attire les foules en mal de sensations fortes. La nuit venue, certains recommandent de ne surtout pas camper au milieu de ce décor champêtre et reposant.

LE SAVOIR INFERNAL

Le jeune commercial vendeur d'encyclopédies ignorait où il mettait les pieds. En ce mois de mai 1988, Jonas pensait renflouer les caisses afin de se payer de jolies vacances. Mais dans la demeure aux multiples étages, le malheureux s'était égaré. La vieille dame l'avait invité à la suivre, avant de se volatiliser au détour d'un couloir sombre.

« Attendez ! » implora Jonas à deux inconnus qui, au loin, semblaient trouver la sortie. « Des fantômes ! » lui souffla à l'oreille la vieille dame devenue invisible. Jonas comprit. La demeure était hantée et il était prisonnier. La vieille dame, dont la voix sortait de toutes parts, exigea l'ouverture du tome 13, page 13. Par chance, le vendeur avait dans son épaisse sacoche l'exemplaire numéro 13. Il se mit à lire : « les maisons hantées sont des mythes. La science a su démontrer... »

« Cessez-donc de mentir ! » déclara la vieille dame. « Les vendeurs-menteurs, nous n'en voulons pas ! » lâcha ensuite l'entité en guise de verdict. Le malheureux commercial traversa le plancher puis se brisa dix mètres plus bas.

Lorsqu'il reprit ses esprits, Jonas essaya de ramasser les trois exemplaires encyclopédiques étalés sur le sol marbré, mais ses mains traversaient la matière. À ses dépens, le jeune homme comprit qu'il n'était plus qu'une âme en perdition. « Et dire que je savais que cet éditeur vendait des bouquins bourrés de mensonges ! » regretta alors tardivement le jeune fantôme.

LA DEMEURE PERDUE

Une maison réputée hantée allait être démolie. Jeff, vidéaste amateur, décida d'explorer la bâtisse avant sa fin. Il commença sa présentation vidéo. « Nous sommes dans la partie usine du manoir, ici on fabriquait des couteaux. Passons à la partie habitation. » Dans le dos de Jeff, les visages sur les tableaux et les photos se mirent à le suivre du regard. Croyant tenir de quoi faire le buzz, le jeune vidéaste fut comme hypnotisé par le vieux piano. Son regard était comme prisonnier du bougeoir qui ornait l'instrument. L'imprudent se mit à filmer. « ça leur permettait d'avoir de la lumière pour jouer les partitions… » Le mortel n'avait pas fini sa phrase que le fondateur de l'usine de couteaux se planta devant lui. Jeff sursauta et fit tomber sa précieuse caméra. Tendant machinalement le bras, le zombi en costume trois pièces poignarda le malheureux en plein ventre.

L'âme de Jeff décolla. « C'est trop tôt » déplora t'il sans même pouvoir partager l'expérience avec ses abonnés. Surplombant l'horrible scène, le défunt suivit du regard le monstre qui l'avait tué. Mécaniquement, l'ancien industriel sortait du site, armé et prêt à en découdre avec le premier passant venu.

LA SERRE DE LA TERREUR

À peine sorti de prison, Aron retournait dans la serre abandonnée. Il se souvenait de l'endroit précis où il avait enterré le magot.

Peu avant la tombée de la nuit, l'ancien braqueur se rendit là où les plantes poussaient. Muni de sa pelle, il attaqua une étrange racine qui l'empêchait de fouler la terre battue. Il frappa une fois avec sa pelle. La racine attaquée se mit à bouger. Une plante carnivore gigantesque se dressa face au bandit. Effrayé, le pauvre mortel essaya de se défendre, mais son arme de fortune fut éjectée loin de lui par l'un des innombrables bras de la créature. La plante cercla le malfrat puis le souleva. Aron fut avalé net et sans bavure. L'immense être fantastique se recroquevilla de nouveau et s'endormit.

Aron, qui n'avait jamais eu la main verte, avait vécu sans imaginer une telle issue.

LE RÔDEUR DE NOËL

De jour comme de nuit, la ronde des animaux est toujours différente en hiver. Le rôdeur de Noël le savait. Lorsqu'il observait la faune, Jo se disait qu'il en faisait partie. En ce doux mois de décembre, le tueur en série se préparait à laver les âmes humaines de leurs péchés.

Le rôdeur entreprit de commencer par Luc, un jeune père de famille qui, ce soir là, était le premier rentré au sein de son chaleureux foyer. Dès le premier carreau brisé, Luc attrapa le téléphone. Trop tard ! Jo l'attaquait déjà à coup de hachoir. Alors que le pauvre Luc baignait dans son sang, Jo lui souffla : « En la trompant, tu as trahi ta famille ! » Au moment de repartir, pressé de punir le prochain pêcheur, Jo fut transpercé par une balle de 9mm. « J'allais le faire ! Tu m'as ôté ce plaisir ! » déclara l'épouse trahie qui venait de rentrer. « Anita ? » demanda Jo dans un dernier souffle. La jeune femme confirma qui elle était. « Ma première petite amie, celle à qui j'ai tout appris ! » se dit le rôdeur, avant de s'effondrer à côté de l'homme qu'il venait de tuer sauvagement.

ANTHROPOPHAGIS

1794

Les fers du fidèle Brumaire ne martelaient plus le sol cahoteux des sentes abandonnées, ils s'enfonçaient désormais dans la boue. Un brouillard dense gênait Belmons qui tentait de distinguer, à quelques lieux devant, le village. Le jeune intellectuel révolutionnaire était de bonne condition physique, doté d'une vision parfaite de zéro à l'infini. L'équidé, si l'on s'en référait à son âge « humain », était aussi jeune et vif que son brillant cavalier.

Des taudis mal entretenus se dessinaient peu à peu. L'atmosphère était pesante. Belmons entendait les regrets frapper à la porte de ses convictions. Que faisait-il, lui, brillant politique à la plume inspirée par l'ambiance parisienne, que faisait-il en ce lieu ? A n'en pas douter peuplée d'ignares, cette minuscule bourgade, à peine plus grande qu'un hameau de haute montagne, recélait certainement des légendes et autres croyances ridicules. De ces histoires de vieux royaume auxquelles lui et ses compagnons amis de la Révolution ne croyaient pas. Même si, attablés côte à côte lors des assemblées, bon nombre de ces politiciens affables, qui discréditaient les légendes de la région du voisin, croyaient secrètement aux contes et chimères de leur lieu de naissance.

Un soulagement réconfortant fit subtilement oublié à Belmons ses appréhensions. Un souffle frais, de ces vents sains et campagnards, vint frôler ses joues endolories par le rasage de la veille. Il esquissa un sourire. A l'entrée du village, une campagnarde de treize ans, mais qui en paraissait facilement quinze, le lui rendit. Elle pensait que le cavalier parfumé était naturellement empli de gentillesse. Le visage carré et fort plaisant du ténébreux inconnu témoignait, aux yeux de la belle, d'une rare empathie pour l'époque. Belmons la remarqua tardivement, alors qu'il était déjà passé devant elle. Extirpé de son vagabondage intellectuel, le gentilhomme ordonna par la bride que Brumaire se retournât. Alors que Belmons allait s'adresser au petit brin de femme, dont le regard juvénile se suspendait déjà aux lèvres du bellâtre, une voix masculine et enjouée s'éleva dans le dos du cavalier.

« Êtes-vous le citoyen Belmons ? ». Le cavalier se tourna dans l'autre sens. « Je suis le père Felistin. Bienvenue à Cambrune ! »
Belmons fronça les sourcils. Sorti de la brume, un prêtre d'une cinquantaine d'années, se tenant le bas du dos, luttant contre la souffrance des rhumatismes, invitait l'homme de la ville d'un franc signe de la main : « Suivez-moi, nous nous rendons à la taverne ! »

Alors que Brumaire trottait au pas aux côtés de Felistin, Belmons bénéficiait d'une vue plongeante sur ce curieux ecclésiastique d'un mètre trente qui saluait le peu d'âmes présentes dans l'unique rue du village. Des femmes. De tous les âges. Aucun homme dans cette brume qui se dissipait. Un instant, amusé, le jeune révolutionnaire imagina Felistin en prêtre défroqué. Le sourire du révolutionnaire, engendré par des images salaces, plut au prêtre qui s'était tourné brièvement. D'un coup, ce pompeux donneur de leçons auquel Felistin s'attendait, ce jeune loup sorti des villes, apparaissait sympathique aux yeux de l'homme d'église.

Le curé rassuré entra avec bonhommie dans la taverne, entonnant un « Bonjour ! » auquel les deux clients et le patron, trois citoyens pourtant peu loquaces, répondirent spontanément. Dehors, alors que Belmons attachait son cheval, surgit un garçon d'une dizaine d'années. Le petit, tout sourire, proposa à Belmons : « Je peux m'occuper de ton cheval ? Je lui donnerai carottes et eau ! »
Belmons appréciait les enfants, particulièrement ceux de cet âge là, car gagnant en opiniâtreté, ils deviennent êtres de raison, convertibles à la cause. De plus, l'image qu'il avait de lui enfant était bercée de bonheur. Fait rare, son foyer n'avait jamais eu à souffrir de la faim, ni du froid, encore moins du traumatisme de la mortalité infantile, Belmons ayant une grande sœur et un petit frère, devenu homme depuis peu. C'est donc naturellement que le souriant Belmons accepta l'offre de l'enfant. Il déposa alors une pièce dans la petite main crasseuse du garçon. Puis, sans plus attendre, il s'aventura dans le seul commerce du village.

D'un signe de tête, le regard balayant, Belmons salua sans crainte ni dégoût les trois hommes qu'il vit en entrant, prononçant avec assurance : « Citoyens, mes hommages du jour ! » Une formule de sa fabrication, une phrase de relations publiques dont il était fier, tant elle marchait à tous les coups. Tous les cerveaux en œuvre pour faire évoluer la France dans le sens de la République, et Belmons ne faisait pas figure d'exception, y allaient de leurs salutations et autres mots de politesse, espérant transformer leurs brillantes trouvailles en règle pour l'éternité. Justement, l'éternité symbolisée, la parole du seigneur en personne était déjà attablée, deux bolets de jus de chaussette distillée prêts à être ingurgités par tout téméraire qui se respecte. Ayant comme habitude d'avaler tous ces tord-boyaux sans rechigner, Belmons s'installa en face du curé. Ce dernier était impatient de trinquer à la Révolution. Révolution qu'il s'empressait déjà de présenter compatible avec l'église. Courant de pensée que Belmons avait par ailleurs épousé depuis longtemps. Le politicien voulait une république une et indivisible pour la Nation. Mais il estimait, comme beaucoup, qu'il fallait faire preuve d'une coercition et d'une sévérité sans faille à l'encontre des nostalgiques de la couronne, même quand ces derniers étaient des honorables hommes de Dieu. En avance sur son temps, Belmons préparait des discours visant à affirmer qu'aucune peine ne méritait la mort. La tâche s'annonçait rude, Belmons en avait conscience. Toutefois, en attendant ce moment, le couperet du brave docteur Guillotin ne dérangeait en rien Belmons, car c'était là, selon lui, un mal nécessaire. Avis largement partagé dans toutes les strates d'une société meurtrie. Après tout, la France n'était-elle pas en guerre ?

La guerre, c'était bien elle qui amenait Belmons en ces lieux éloignés de Paris par des centaines de kilomètres. L'homme venait de subir trois jours de déplacement, en compagnie d'escortes armées ponctuelles, issues de prestigieux régiments, ce sans jamais quitter un sabre fraîchement affuté, précaution subsidiaire aux compétences de gardes du corps de fortune. Anges gardiens d'une heure ou d'un jour, changés au gré des différents secteurs. Ces voyages en territoires pacifiés ou hostiles avaient fini par avoir raison de l'énergie du fringant Belmons. Pressé que l'entrevue avec le saint homme touchât à sa fin, notre jeune bourgeois respectable n'attendait qu'une chose : « Qu'on me conduise à mon hébergement, que j'y trouve enfin un lit ! »

— Est-ce que ce lieu vous convient ?
— Plaît-il ?
— Est-ce que ce lieu vous convient ? réitéra le curé.
— Oui, merci ! » répondit Belmons, extrait de la torpeur dans laquelle l'hospitalité d'une chaise à accoudoirs l'avait plongé.

Le prêtre sourit, laissant entrevoir quelques dents manquantes, puis but une rasade. L'odeur agressive du breuvage faisait son œuvre dans toute l'auberge. Après s'être essuyé la bouche d'un revers de manche, le curé, d'un coup de menton pour le moins rustre, invita le citadin à déguster. Ce que Belmons fit d'une traite, avant d'ajouter, légèrement grimaçant :

— Vous savez, mon père, ce n'est pas par mes soins que les valeureux soldats seront recrutés. Un bataillon de passage, en route pour l'Italie, sera là dans deux jours. Ce sont eux qui installeront l'office destiné au recrutement des volontaires.
— Bien ! Et vous, qu'allez-vous faire en attendant ?

— Je vais parler des bienfaits de notre Révolution aux bons enfants peuplant votre lieu-dit.

— Ah, Dieu vous bénisse mon fils ! La Révolution s'est faite avec l'aide de Dieu !

Belmons leva son bolet, le présenta aux trois hommes au comptoir, qui tendirent haut leurs verres, puis à Felistin, à qui il adressa un sourire de connivence : « Mon père, puissiez-vous être entendu jusqu'aux confins des terres de Vendée ! ». Les bolets de terre cuite s'entrechoquèrent.

La nuit allait tomber quand le tenancier, Bernin, un homme bourru et boiteux, renvoya ses clients, ecclésiastique inclus, de son humble commerce. Il est vrai que renvoyer quatre hommes en direction de la soupe fumante de leurs foyers n'était pas difficile dans cette contrée où peu d'âmes s'étaient succédées au cours des siècles. Belmons était bien loin de Paris et de ses habitants grouillant dans chaque ruelle. Bernin invita Belmons à se lever pour passer derrière le rideau crasseux côté comptoir. Belmons pénétra alors chez l'aubergiste. Une vaste cuisine, bien plus accueillante que l'établissement côté public, s'offrait à son regard. Il y avait là des épices suspendues, ainsi qu'un doux parfum de plats préparés avec un indéniable savoir faire. Des bûches de bois sec flambaient dans la cheminée en un doux crépitement. L'hospitalité de ce feu augurait déjà le confort insoupçonné de la literie qui attendait, à l'étage, le voyageur. Des bougies apportaient leur douce lumière aux quatre coins de la pièce. Elles avaient été allumées depuis peu et l'endroit était bien tenu. La table dressée annonçait, à la vue des couverts disposés, du potage et du bon vin. Bernin changea de tablier et se dirigea vers le piano à cuisson. Il y alluma un feu qui prit de suite. La marmite posée et couverte n'allait pas tarder à chauffer. Belmons sentait déjà le mariage des légumes frais et moulinés faire son œuvre. Bernin leva la tête en direction de l'étage et, d'une voix fatiguée, cria : « Elise ! ». Belmons, fantasmant déjà sur une visite nocturne qui le soulagerait, espérait voir descendre une belle femme. Et il fut servi. Elise devait avoir tout au plus dix-neuf ans. Une beauté aux yeux clairs et à la peau lumineuse. Les cheveux détachés, en robe à bustier, les avants bras nus, elle descendait. Sa longue main constellée de veines glissait harmonieusement le long de la rambarde en chêne. Belmons rêvait déjà de l'irruption, sur la pointe des pieds, de la jeune vierge qui viendrait le prendre en main, puis en bouche, avant de lui offrir sa croupe, toute suppliante de lui épargner vertu. Arrivée en bas, Elise le regarda froidement, trahissant une méfiance rarement vue, même en ces temps incertains. Malgré sa gueule d'ange, Belmons n'avait pas produit l'effet désiré. La jeune femme adressa à son père un tendre sourire. Sans surprise, Bernin la présenta comme sa fille, ce qu'elle était, à en constater quelques ressemblances. Sans surprise toujours, Bernin les invita à prendre place autour de la table. Avant de tirer les chaises, Elise se plia au protocole de la présentation, en prenant soin de ne laisser aucun espoir au jeune loup. En début de souper, elle ne pipa mot et n'adressa aucun signe qui aurait permis à Belmons de deviner si elle était lettrée, intéressée par la chose politique, ou totalement inculte.

À la fin du repas, l'ambiance avait évolué vers une forme de confiance, confiance qui délia la langue de la belle. Alors qu'il observait le disgracieux Bernin, Belmons pressentait qu'il aurait certainement eu plus de chance avec la mère, absente, mais qu'il imaginait sans peine ressembler davantage à Elise qu'à l'acariâtre tenancier. Elise laissait entrevoir qu'elle connaissait le comportement des hommes. « Le premier bellâtre venu ne la ferait pas tomber en pâmoison. »

Quand Bernin apprit à son invité qu'il était veuf et qu'Elise était tout ce qu'il lui restait, Belmons se fit une raison, se questionnant déjà sur la présence - ou non - de chutes de tissus sous le lit, à côté du pot de chambre, pour nettoyer les futurs méfaits de son soulagement lubrique.

Vers vingt-deux heures, le trio gagna l'étage et chacun entra dans sa chambre. Les trois portes refermées, Belmons tenta une dernière manœuvre d'espoir. Il entrouvrit sa porte dans un inquiétant grincement et jeta un œil en direction de la chambre où se trouvait la douce Elise. A sa grande surprise, il distingua clairement les yeux de biche de la demoiselle. Elle l'observait aussi, la porte entrebâillée. Leurs regards, pris dans les embrasures, se croisèrent une seconde. Ils refermèrent en même temps. Alors que les ronflements de Bernin se faisaient déjà entendre, Belmons prit une décision : « C'est moi qui sortirait »

Belmons se mit au lit et souffla la bougie de chevet. Le clair de lune passait au travers des losanges, ces petits jours mal découpés en haut des volets. Excité, Belmons ne trouvait pas le sommeil, bien que rincé par trois jours sans literie digne de ce nom. Les ronflements de Bernin le rassuraient. Le vieux ne constituait pas un sérieux obstacle. La conversation sur les Prussiens et leurs percées redoutées avait peut-être permis à Belmons de séduire la belle. Il faudra surtout entrer dans la chambre d'Elise vêtu et armé, l'excuse d'avoir entendu un intrus entrer par cette partie de l'auberge devant être recevable. Belmons se leva, enfila sa culotte, y entra sa chemise, prit son sabre et ouvrit la porte, la levant légèrement pour éviter tout grincement. Toujours en silence, sur la pointe des pieds, l'excitation galopante, il se dirigea, l'écoute attentive aux ronflements réguliers de Bernin, vers la chambre de sa conquête. Arrivé, Belmons colla l'oreille sur la porte en sapin verni. Il entendit les pas précipités de la belle. Il se persuada qu'elle l'attendait à la porte et que, le sentant arriver à destination, la frivole était retournée l'attendre au lit. Esquissant un sourire triomphant, il ouvrit, entra et referma derrière lui. Malgré la fraicheur de la nuit, la fenêtre était ouverte. La belle était apparemment cachée sous les draps. Doucement, il les souleva. Avec stupéfaction, il vit des coussins et traversins disposés pour faire penser à un corps. Elise était sortie par la fenêtre, cela ne faisait aucun doute. Il se précipita et distingua la silhouette de la jeune femme courir en direction du bois. Il emprunta l'échelle qu'elle avait laissée sous la fenêtre. Dehors, Belmons courut pieds nus, comme il le faisait enfant, en direction du bois dans lequel Elise venait de s'engouffrer.

La lumière de la pleine lune avait du mal à percer les feuillages. Belmons ne voyait pas à cinq mètres. Alors qu'il se décidait à rebrousser chemin, il distingua, à trois pas de lui, une femme aux longs cheveux. De dos et agenouillée, elle pleurait. Il pensa avoir retrouvé Elise. La serrer dans ses bras allait enfin devenir possible. Il s'approcha et lui toucha l'épaule. A sa grande surprise, le visage qui se tourna brusquement n'était pas celui de la belle Elise, mais celui d'une jeune femme aux dents jaillissantes, au front proéminent, aux oreilles pointues et aux yeux asymétriques. Des douze modestes âmes peuplant le lieu dit, des douze humbles paysans qu'il avait aperçus la veille en arrivant, une telle horreur lui avait échappé. Il pensa en un éclair à ces légendes du Moyen-Âge. Effrayé, il recula, titubant, dégainant son sabre. Debout, la créature se tenait hagarde et menaçante, disposée à l'affronter. En guenilles, les mains crasseuses, les ongles pointus et jaunes, elle arquait les jambes, décidée à en découdre.

« Clara ! »

La voix d'Elise venait de retentir dans la nuit. Elle s'était élevée en échos quelques pas derrière le pauvre être qui faisait face à Belmons. A cent mètres, une lampe à pétrole se balançait, tenue fébrilement, à proximité de ce qui semblait être une cabane délabrée. Imaginant Elise en danger, et songeant aux bienfaits qui pourraient lui être prodigués en secourant la pucelle, Belmons contourna son adversaire, la menaçant du bout de la lame. Puis Belmons se mis à courir jusque l'entrée de la cabane. Il y fit irruption sans ménagement. Elise n'était pas à l'intérieur. La lampe était suspendue, diffusant une faible lumière chaude. Ce que Belmons découvrit relevait du pire cauchemar. Entassés dans des tonneaux, des membres humains, essentiellement des pieds et des mains. Sur des crochets, le long des murs, des torses d'hommes, traités en salaison. La puanteur était insoutenable. Au sol, quelques casques et uniformes prussiens, déchirés et ensanglantés. Alerte, l'homme put distinguer une table ronde, propre, une chaise posée à l'envers dessus, et au sol, une gamelle rouillée dans laquelle baignaient quelques os humains à moitié rongés. Une brindille craqua. Belmons se retourna, sabre en avant. La malheureuse mocheté qu'il venait de rencontrer se planta sur la lame jusqu'au bout, lui faisant face, dans un masque de douleur et de tristesse. Belmons fut frappé par la forme du nez, et par la couleur des yeux. Il s'agissait là d'une version d'Elise, bien moins gâtée par la nature. Il pensa, ce corps meurtri enfoncé jusqu'à la garde : « C'est impossible ! Fût-ce cette beauté transformée en monstre la nuit tombée ? ». A la vue de sa sœur embrochée, Elise s'effondra. Ses sanglots jaillirent dans un cri de douleur viscérale. Choqué, Belmons lâcha son sabre. Le corps de sa victime tomba lourdement, pour finir en position fœtale, les yeux ouverts. Elise pleurait à chaudes larmes, son désespoir déchirant la nuit. Au loin, les trois chiens du village hurlaient. Lampe à la main, essoufflé, Bernin arriva sur place pour constater la mort d'une de ses filles. « Non, Clara, non ! »

Le vieil homme usé par une vie rude venait d'être achevé, les genoux heurtant le sol. L'aubergiste trouvait à peine la force de prendre dans ses bras la fille qu'il lui restait. Elise avait caché son doux visage contre l'épaule de son père. Le pauvre homme était devenu une statue au regard vide et brillant. Le visage marqué par la douleur qui meurtrissait ses articulations, le curé débarqua, lampe dans une main, fourche dans l'autre. L'homme d'église comprit de suite la situation. Il s'adressa à Belmons : « Mon Dieu, non ! Comment avez-vous pu ? Comment avez-vous découvert le secret de notre communauté ? »

Belmons était totalement perdu. Il voulait fuir, mais il voulait comprendre. Il allait être servi. Face au désarroi général, le prêtre résigné poursuivit à l'intention du bourgeois :

« Clara était une enfant à part. Elle était née quelques minutes après Elise. Clara n'a jamais rien pu manger d'autre que de l'homme. »

Sur ces mots, le curé se signa et continua, la voix remplie d'une grande tristesse : « Elle n'a jamais fait de mal. Qu'avez-vous fait là, pauvre diable ? Nous l'avons toujours protégée. Nous n'avons jamais tué pour elle. Votre ignorance a condamné cette pauvre petite. Oui, votre ignorance ! Depuis hier, vous nous rabattez les oreilles, vous croyez tout savoir. Vous nous avez parlé plus que de raison, nous donnant des leçons à tout bout de champ ! »

Belmons devait le reconnaître. Il n'avait fait que parler sans écouter celles et ceux qui lui avaient offert une place à leur table. Belmons reprit son sabre et s'en alla tête baissée. Au loin, quelques habitants affolés se profilaient en direction du tragique théâtre. Le temps était venu pour le citoyen parisien de tirer sa révérence. Pas de la manière la plus glorieuse, contrairement à ce qu'il espérait en débarquant sur ces terres lointaines, si lointaines qu'il pensait y trouver de sombres ignares. « Croyant tout savoir, je n'ai fait qu'infliger ici, en l'espace d'un instant cédé à mon ignorance, désespoir et chagrin » pensa Belmons en caressant Brumaire. Puis il enfourcha son destrier. Ses affaires empilées à la hâte sur le dos de sa monture, le révolutionnaire fila dans la nuit sans assumer ses méfaits. Il voulait se faire oublier. Il avait décidé de cesser toute fanfaronnade. Pour l'heure, il rêvait de se cacher.

Belmons, beau Belmons, tu ne t'es jamais interrogé sur ce qu'est réellement la naissance d'un monstre. En serais-tu devenu un ?

« Science sans conscience... Vous connaissez la suite ! »

Attaché à sa chaise, le naufragé n'en ramait pas lourd. Mais il essayait de se défendre par la parole, persuadé qu'il était que le général Lutzer aimait la philosophie au point de lui épargner la vie, suite à un bon mot.

Mais Lutzer détestait les intellectuels autant que les longs débats. S'il avait suivi son Führer dès les premières heures, c'était bien pour imposer la force contre tout avis divergent.

— Je comprends. Vous êtes un naufragé et vous avez besoin d'aide. Mais vous avez vu mon laboratoire et malheureusement... Celui-ci doit demeurer secret ! entonna Lutzer tout en s'emparant d'une seringue.

— Pitié ! lança le matelot qui avait, un jour, cru à tort que la marine marchande serait moins dangereuse que la vie militaire.

— Pourquoi devrais-je avoir pitié d'un ennemi ? déclara théâtralement Lutzer au milieu de la pièce crasseuse et sans fenêtre.

— Mais nous sommes en 46, la guerre est finie vous dis-je !

— Pas pour moi ! souffla le général en blouse blanche, alors qu'il injectait le contenu de la seringue dans l'épaule gauche du naufragé.

Le matelot se réveilla dans une cage. Avec effroi, il découvrit que les cellules voisines abritaient des humains modifiés. Un homme-singe dormait recroquevillé sur lui-même. Plus loin, une femme-crabe à moitié endormie se lamentait dans un râle inhumain tout en faisant claquer ses pinces. Au dessus, empêché de sortir par un filet de pêche tendu au plafond, un homme-oiseau battait désespérément des ailes, se cognant tout en donnant des coups de becs nerveux dans les murs. Le nouveau prisonnier se demanda quel sort lui était réservé. L'homme-singe se réveilla et porta son attention sur le matelot. Aussitôt, la femme-crabe braqua elle aussi son regard sur le nouvel arrivant. Saisi d'un inexplicable mal de gorge, le prisonnier se mit à suffoquer au milieu de sa petit cage. L'homme-oiseau arrêta son manège pour l'observer à son tour. Pris de spasmes, le malheureux matelot regarda ses mains. Devenues grises, elles semblaient ornées d'écailles. Le général vint se planter au milieu du terrifiant décor. Dans un sourire satisfait, il activa un levier rouillé. Le fond de la cage de l'homme en transformation s'ouvrit. Plongé dans une eau tiède et tropicale, le matelot retrouva son souffle. « Je suis devenu poisson ! » constata, avec effroi, le naufragé.

Droit comme un I, le chef de guerre aux multiples décorations s'adressa aux trois chimères : « Il est chanceux ! Lui, en deux coups de nageoire, il sera libre ! Vous voyez que je m'améliore. La bonté me gagne de jour en jour. »
En colère, les trois humains métamorphosés contre leur volonté se mirent à cogner les parois autour d'eux. D'un air hautain, le général quitta la pièce.

Dans la chambre de sa villa de bois et de tôles, le nazi solitaire s'endormit au son des vagues. De légers clapotis vinrent troubler son assoupissement. Prenant le son au sérieux, l'homme bondit hors de son lit et s'empara de son couteau des jeunesses hitlériennes. Derrière lui, à la fenêtre, le matelot devenu homme-poisson terminait son ascension.

Lutzer ne le vit que trop tard. En deux coups de griffes, la chimère égorgea son créateur. Portant la main à sa gorge ruisselante, le scientifique dévoyé n'eut qu'une pensée : « Je maitrisais tout ! Et lui, là, il respire hors de l'eau ! J'aurai dû lui faire un enclos... »

Cherchant à périr loin de la bête, Lutzer sortit de sa chambre. Manque de chance pour le mourant, la femme-crabe, l'homme-singe et l'homme-oiseau l'attendaient dans le couloir. Les trois êtres torturés tombèrent sur le blessé pour l'achever dans d'atroces souffrances.

Au beau milieu de l'été 1975, les touristes millionnaires débarquèrent en nombre sur l'Île de la femme-crabe. Avant de les accueillir, l'heureux propriétaire des lieux venait de donner une enveloppe au capitaine du bateau-poubelle chargé d'emporter les derniers éléments de l'ancienne demeure à la croix gammée.

— On avait dit mille ! lâcha sur un ton menaçant le capitaine du bateau à ordures.

— N'essaie pas de m'arnaquer ! Je suis un vieux loup de mer.

— Oh, je sais qui tu es. Un gars qui a eu de la veine... Et un vieux loup de mer, c'est vrai.

— Alors... Ne me la fais pas à l'envers ! reprit le propriétaire sur un ton ferme.

— Va pour mille ! Je te laisse, tu as des invités de marque. Avec ma clique, on met les voiles !

Face au chantier qui se mettait en place, l'homme en quête d'investisseurs désignait l'emplacement où l'hôtel sortirait de terre à gauche et les terrains de tennis qui seraient ombragés à droite, tout en balayant les endroits choisis pour les trois piscines, « dont une couverte ! »
— Pardonnez-moi de vous interrompre, lança une jeune aristocrate dynamique, mais pourquoi nommer cette île ainsi ?
— Tout simplement parce qu'autrefois, une femme-crabe y vécut ! lança une sympathique quinquagénaire, avant de venir se blottir contre le maître des lieux.

Sous un rire général, la présentation reprit dans une atmosphère bon-enfant.

— Je vous présente mon épouse, chers amis ! Pour le nom de l'île, vous savez, comme le lieu sera en partie à vous ! Rien n'est irréversible ! déclama avec bonhommie le propriétaire.
— J'opterais donc pour un nom plus naturel ! envoya la dynamique aristocrate.
— Tout à fait, madame, tout peut revenir à l'état naturel ! fit remarquer un homme dans

l'assemblée, alors qu'il rejoignait les propriétaires.

— Vous êtes plein de surprises les amis ! entonna un futur investisseur.

— En effet, je vous présente notre gorille, pardon, notre bodyguard ! Il sera le chef de la sécurité et veillera sur notre petit coin de paradis ! lança le propriétaire, tout en invitant de la main une autre personne à le rejoindre.

Sous les applaudissements nourris du parterre de millionnaires conquis, un homme aux grands bras fendit la petite foule pour rejoindre les trois habitués de l'île.

— Et nous vous présentons notre administrateur, celui pour qui l'île n'a aucun secret ! entonna l'épouse du propriétaire.

— Il est nos yeux, nos oreilles ! enchaîna le maître des lieux.

— Parfaitement ! Il est notre homme volant ! conclut le chef de la sécurité.

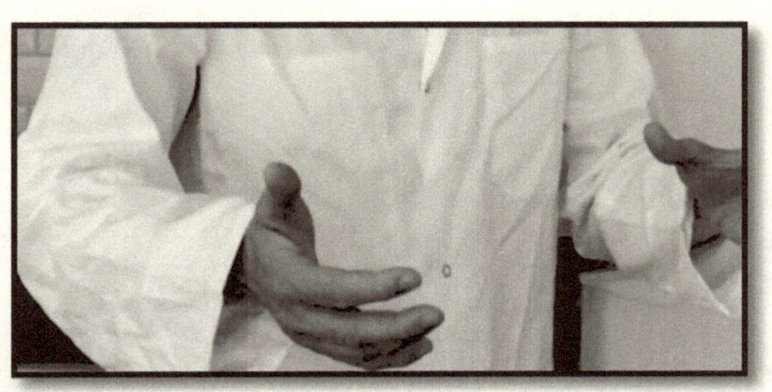

LA NUIT DES LOUPS SOUVERAINS

L'enfant qui criait au loup entra dans la cour du château. Un brave petit villageois de sept ans, qui n'avait pas la réputation d'être un menteur. Essoufflé, affolé, le jeune Créoh fut conduit au roi Trekkor en personne, dans la salle du trône. Impressionné par sa première rencontre avec un seigneur, le petit aux joues rouges et au front ruisselant expliqua que les loups se dressant sur deux pattes étaient au nombre de vingt et portaient armures et haches. Leur chef, un borgne aux poils gris, avait sur la tête la couronne de Barbe en or le Redoutable. Trekkor, caressant sa barbe rousse impeccablement taillée, écoutait attentivement l'enfant choqué par la terrifiante vision qui s'était imposée à lui. Le roi prit les dires de l'enfant au sérieux. Il ordonna qu'on serve au garçonnet un repas chaud. Le seigneur fit remettre des bûches dans la cheminée et convoqua le conseil. Rassemblés autour de la table des décisions, Trekkor, ses neveux les chevaliers, l'alchimiste et le prêtre, devaient préparer le château au plus terrible des combats. L'ennemi n'était pas en supériorité numérique. Mais il était puissant. Monstrueux. Terrifiant.

La nuit était sur le point de tomber. La pleine lune tant redoutée allait abattre sa lueur maléfique sur les terres de Trekkor dans quatre heures, tout au plus. Le riche royaume s'apprêtait à être assiégé par un seigneur vengeur. Le château allait subir l'assaut des loups sur deux pattes et de celui qui était devenu leur chef, l'homme laissé pour mort par son neveu. Son neveu qui n'était autre que le successeur au trône, le bon Trekkor en personne. Barbe en or le Redoutable était corps et âme devenu une de ces créatures. Et il marchait en tête, rongé par l'obsession de récupérer le royaume par les armes. Et par les crocs.

Les flèches d'argent préparées par l'alchimiste et le regretté druide Russignan, mort de vieillesse, étaient sécurisées dans une armurerie spéciale. Ces temps ci, à cause des loups qui hurlaient de nuit comme de jour, les deux chevaliers du domaine, Hank et Graddhius, arboraient à la ceinture leurs épées d'argent. Les deux chevaliers firent porter aux dix gardes les fléaux d'armes en argent fabriqués l'an passé pour l'occasion. Le fléau d'armes est composé d'un manche, d'une chaine et d'un boulet à piques. Les gardes s'entrainaient régulièrement à faire tournoyer leur fléau. Chaque homme était préparé à l'épreuve qui allait se jouer. Un combat rapproché contre un loup-garou s'avère long et éprouvant. Lutter contre ces guerriers de l'enfer requiert technique, patience et endurance. Il faut déchirer la chair du canidé en différents points vitaux, avec des armes en argent exclusivement, pour venir à bout de l'un d'entre eux. Tout combattant mordu doit être isolé du champ de bataille. Après une extrême onction, le malheureux est exécuté par le bourreau. Ce dernier le décapite à l'aide d'un glaive. En argent, bien entendu. Les vingt archers se virent confier chacun trente précieux carreaux.   Les quarante âmes paysannes vivant hors des murs furent placées à l'intérieur du château. Les pauvres rejoignirent ainsi en place forte le prêtre, l'enfant de chœur, le forgeron, le boulanger du four banal, le fou du roi, l'alchimiste, le bourreau, les deux chevaliers, trois menuisiers, cinq nobles, huit pages, six servantes, trois cuisiniers, quatre écuyers. Les dix gardes et vingt archers veillaient sur ce petit monde. Aux dernières lueurs du soleil, trois gardes fermèrent le pont-levis verni et la herse étincelante. Les équipements de sécurisation étaient neufs, le château venait d'être achevé. Les premières constructions de guerre acquises par le royaume devaient être livrées dans deux jours. En plus de deux trébuchets, étaient attendus, sous bonne escorte, artisans, soldats et chefs de guerre. Tous avaient vocation à agrandir les rangs du petit royaume aux ambitions expansionnistes. Mais toutes ces bonnes volontés se trouvaient à deux jours de la forteresse.

Le savant recensement mené par feu le druide avait depuis peu révélé la population des bois environnants. Milles cerfs, autant de sangliers, quinze variétés d'oiseaux impossibles à dénombrer, trois ogres, un dragon, une centaine de farfadets, quinze fées, six trolls vieillissants, une licorne et dix neuf loups-garous. Il avait été établi par les hommes qu'il était périlleux de s'aventurer dans une dizaine de zones bien définies. De leur côté, les habitants des bois ne venaient pas perturber la vie du royaume, du moment qu'on les laissait tranquilles.

Barbe en or le Redoutable avait été laissé pour mort, et pas un jour, terré dans l'obscurité, pas une nuit, il n'eut de cesse d'y penser. Devenu loup, le Redoutable observait le château de son œil bleu perçant. Ses dix neuf camarades assoiffés de sang se tenaient prêts pour la charge. En hauteur, les archers s'apprêtaient à décocher en direction des failles qui constellaient les armures des loups souverains. Aisselles, artère fémorale et oreilles pour les plus précis. Deux carreaux, un déchiquetant l'oreille droite, l'autre la gauche, tirés à la suite par le même archer, ont pour effet de mettre à genou la bête. C'est irrésistible pour cette dernière : elle porte systématiquement ses larges mains aux longues griffes autour de la tête, hurlant de douleur. S'en suit un carreau sous l'aisselle gauche, et vos troupes ont un loup-garou de moins à défier.

Normalement, le dispositif tel qu'il était au château s'avérait suffisant pour venir à bout des vingt assaillants aux dents acérées. Tout reposait sur les archers, leur travail permettant à lui seul d'exterminer la meute. Les gardes étaient prévus en cas d'intrusion dans l'enceinte, les loups dressés sur pattes étant de bons grimpeurs. Bien entendu, avec un seigneur de guerre à leur tête, il fallait s'attendre à ce que les assaillants velus débarquent avec une ou deux échelles. Mais les douves étaient larges et profondes, et une échelle, même si cela n'était pas toujours aisé à faire tomber, ne constituait pas un dispositif d'une grande menace.

Le garde en observation venait de les repérer. Les loups étaient sur la colline face à l'entrée du château, ils avaient allumé leurs torches. Etonnement proches et exposés, regroupés alors qu'on les attendait tout autour, ils éclairaient leurs gueules effrayantes, le Redoutable en tête, assumant son œil crevé et portant son anneau de barbe cent carats, bijou étincelant dont il ne se séparait jamais. Informé dans son donjon, le roi n'était pas rassuré. A ses côtés, Hank, promis à la jeune princesse de vingt ans, s'inquiétait alors qu'il tentait de réconforter sa fiancée. Le chevalier ressassait les scénarii maintes fois répétés. En un éclair, la stratégie des loups lui apparut. Hank s'excusa auprès de sa promise. Celle-ci comprit qu'une pensée importante s'était emparée de son fiancé. Inquiète, la princesse se rendit auprès de sa mère, la reine. Hank accourut pour confier à l'oreille du souverain sa crainte. Mais il était trop tard. Un boulet de pierre traversa le donjon, emportant le père du roi et précipitant dans le vide la tante de la reine. Du haut de la colline, la meute hurlait sa victoire. Dakklius, observateur à l'acuité visuelle redoutable et bras droit de Barbe en or, confirma à l'oreille du seigneur au pelage gris la mort de deux membres de la famille royale. Au sommet du donjon, la situation était dramatique. La princesse pleurait dans les bras de la reine terrifiée. Blessé au visage, Hank, épée à la main, protégeant le souverain, confirmait à Graddhius, posté quant à lui dix mètres plus bas, qu'il tiendrait avec succès sa position au donjon si on lui envoyait des gardes. Puis le deuxième boulet fut tiré. Dieu merci, le projectile finit dans le fossé. C'était confirmé. Les loups avaient détourné les deux trébuchets commandés par le royaume. Le garde en observation avait assuré les troupes que le nombre de bêtes était de vingt. Par conséquent, si les loups étaient regroupés, les efforts des archers devaient se concentrer de front, face à la maigre armée de Barbe en or. Graddhius prit le commandement des archers. A son signal, une première salve de carreaux enflammés s'abattit sur les loups garous. Sur ordre de leur commandant borgne, aucune bête ne bougea, suivant l'exemple du chef qui s'était contenté de rabattre les oreilles en arrière. Quatre loups tombèrent. La victoire des hommes semblait trop facile, d'autant qu'aucun assaillant ne bougeait. Les loups ne se dispersaient pas. Apparemment, ils se hâtaient à recharger les trébuchets, espérant détruire le château rapidement pour ne plus subir de tirs enflammés. Curieuse stratégie que cette guerre de rapidité. Pendant ce temps, l'arrière du château ne disposait plus que d'un archer et de deux gardes. Les renforts à l'avant s'accumulaient et beaucoup trop de gardes étaient montés au donjon… Choix fatal et dépourvu d'anticipation. Contre toute attente, un loup-garou attrapa la tête de l'archer positionné au sommet du mur, à l'arrière de la forteresse. Le loup fit basculer le pauvre homme qui se démembra quarante mètres plus bas. Effrayés, les deux gardes firent tourner leurs fléaux au dessus de leurs têtes, mais derrière eux, deux autres loups qui venaient de terminer l'ascension le long des parois les mordirent de concert à la jugulaire, déchiquetant leur chair avec délectation dans un jet rouge vif. Trente loups entraient alors discrètement par l'arrière de l'enceinte. Ils allaient bientôt s'en donner à cœur joie en dévorant tous les occupants du château. « Pas de quartier ! » grondait le chef de meute sur sa colline. Quand une quinzaine de loups surprirent de revers les archers situés à l'avant, les salves de flèches cessèrent. Barbe en or le Redoutable se retourna et constata que dix de ses frères en armure étaient tombés. Il arracha une flèche plantée dans son genou. Il hurla en direction du roi, dont le donjon allait être pris : « Vous avez tué dix seigneurs ici. Vous allez payer pour votre lâcheté. Ceci est mon royaume. Mon château. Les soldats et artisans de trébuchets qui sont miens, tous ces hommes sont devenus loups et se délectent de votre chair, de vos os moelleux ! »

Les humains luttèrent vaillamment contre leurs adversaires bien plus grands qu'eux. Il y eut des lâches, comme ce garde abandonnant les femmes et enfants de villageois aux guerriers affamés. Ou comme le prêtre, accompagné de son cousin le bourreau, cherchant à la lueur d'une bougie les plans du château afin de trouver une échappatoire, alors que des blessés attendaient leur intervention. Issue que les deux hommes ventripotents ne trouvèrent jamais, un loup brun leur tombant littéralement sur le dos, plongeant ses griffes dans leurs entrailles, extirpant le foie pourri de l'un et le cœur malade de l'autre. Il y eu des braves, comme Graddhius et ses hommes qui, à coups d'épée argentée, à coups de fléaux tournoyant, tuèrent en les fendant, en les martelant, au moins douze loups. Le roi, résigné à faire face au chef de meute, ordonna à Hank d'emmener son épouse et sa fille Eleanore. La reine refusa d'être un fardeau, dévoilant que sa jambe droite arborait une large coupure qui, sans doute, allait gangréner. La princesse sécha ses larmes et suivit Hank. En bas, la jeune femme s'empara d'un fléau baignant dans des entrailles. Elle était bien décidée à en découdre. Au milieu de l'impitoyable combat nocturne, Hank prit sa bien aimée par la main. Ensemble, ils enfourchèrent un cheval abandonné, le seul destrier survivant. Les seigneurs loups avaient ouvert herse et pont-levis. Pour sortir, il fallait galoper sans hésitation parmi les combattants. La princesse frappa au crâne un jeune loup sur son passage, faisant voler sa cervelle en éclats et déclenchant la colère de bien d'autres qui, malgré leur vélocité, ne purent rattraper l'équidé. L'évasion fut couronnée de succès. La jolie rousse au visage éclaboussé de sang et le chevalier à la longue chevelure brune fuyaient, la rage au ventre. Sur la route, Hank et Eleanor passèrent à la hauteur du petit messager, en larmes, orphelin. Créoh courait derrière sept villageois qui avaient échappé au massacre et qui ne prenaient même pas la peine d'attendre le pauvre enfant. Pour les survivants, il fallait maintenant se réfugier dans les bois inhospitaliers. En cette contrée, le royaume des hommes appartenait désormais aux loups dressés sur leurs pattes.

Graddhius était seul, un fléau dans une main, sa lourde épée dans l'autre. Griffé à maintes reprises, il était haletant, les loups se repliant pour la plupart, certains restant pour se cacher. Choisir le moment pour fondre sur les survivants allait devenir le jeu de ceux-là jusqu'à l'aube. A force de se retourner sur lui même, guettant l'assaillant qui se faisait attendre, Graddhius épuisait ses réserves d'énergie. Le château était silencieux. Les râles des blessés avaient cessé. Dans une heure, les premières lueurs du jour obligeront les loups à se terrer dans l'obscurité pour conserver leur forme. C'était là l'unique solution pour éviter la très douloureuse et affaiblissante métamorphose inverse. Barbe en or le Redoutable se positionna, glaive à la main, derrière Graddhius. Ce dernier sentit le souffle de la bête dans ses cheveux. Il se tourna lentement vers le monstre. Graddhius mesurait un mètre quatre vingt dix, ce qui était étonnement grand pour l'époque. Il rencontrait pour la première fois un adversaire au corps à corps qui le dépassait d'une tête. Le combat commença de façon classique, les lames s'entrechoquant avec technicité. Puis le loup pris l'avantage, impatient de monter au donjon, impatient d'en finir avec le roi. D'un coup de patte, le monstre propulsa Graddhius dans le vide. Ce dernier garda les yeux ouverts jusqu'à la fin de sa chute, la cage thoracique enfoncée, le sang envahissant sa bouche. Il voulait mourir en gardant l'image du château. Il eut tout au plus la vision d'un long mur éclairé faiblement par quelques torches, avant de se briser le dos sur d'obtus rochers.

La reine Katiah avait perdu connaissance. Assis face à l'entrée, choisissant cette théâtrale posture pour affronter son ultime ennemi, le roi posa une dernière fois un tendre regard sur sa compagne d'infortune. Les forces de la reine diminuaient à chaque expiration. Il se souvenait d'elle, jeune, quand elle se rebellait contre leur mariage forcé. Dans une marre de sang qui l'avait lentement encerclée, Katiah rendit son dernier souffle. Aussitôt, Trekkor fut attiré par les grognements d'une créature qui montait lourdement les marches de pierre. Fixant le tortueux chemin qui conduisait à lui, le souverain déchu jeta une dernière fois un œil en direction de la lune. Sa douce lumière bleue avait aidé les seigneurs loups dans leur vengeance. Les deux gardes restés dans le donjon attendaient haletant leur ancien roi devenu bête sans pitié. Ils serraient fiévreusement le manche de leurs fléaux étincelants, prêts à frapper le monstre le plus violemment possible. Les deux hommes n'avaient pas encore eu l'occasion de participer aux combats. Barbe en or ne leur accorda pas le privilège de l'affronter. Deux loups-garous en armure tombèrent sur les gardes. Les monstres leur arrachèrent la tête sous les yeux incrédules de Trekkor. Puis les bêtes firent face de tous leurs crocs au roi. Celui-ci se leva d'un coup, l'attitude digne et déterminée. Trekkor sortit sa dague en argent dont la poignée était sertie de rubis. Son prédécesseur aux dents pointues se dressait enfin face à lui. « Tu ne les reconnais pas, mais leur sang était bleu, à eux aussi. Ils furent abandonnés comme moi. » grommela le duelliste à large mâchoire. Sans souffler mot, le roi fonça droit sur la créature. Le loup amortit le choc grâce à ses puissantes pattes arrimées au sol de marbre. Le guerrier de l'enfer enfonça ses griffes dans la main humaine qui tenait la dague. Se faufilant dans une faille de l'armure, la lame écorcha le ventre de la bête, sans toutefois parvenir à entrer. Trekkor, dans un hurlement de douleur, tomba à genoux. De sa main gauche, le seigneur blessé saisit un fléau, le fit deux fois tournoyer. Mais, au moment de frapper, il manqua la patte de son adversaire, déchirant le tibia d'un des deux autres guerriers. La bête blessée, un vieux loup prénommé Rekkiass, trébucha et tomba dans le vide. Barbe en or, face à la mort de son camarade, hurla sa rage en direction de l'astre bleu. De son corps lourd et bestial, le Redoutable se coucha sur le roi. Il le plaquait fermement au sol, lui dévorait le visage, lui déchiquetait le cou, lui enfonçait ses griffes jaunies dans les flancs. L'homme subit une mort à laquelle il ne s'attendait pas, un fulgurant supplice. Son sang se mêlait aux lambeaux de chairs et aux poils collés sur le fléau resté dans sa main, alors même que son adversaire se délectait. L'autre seigneur loup restait derrière son maître, le regardant avec plénitude s'acharner sur le dernier homme du château. Le roi des loups se releva et s'essuya la gueule d'un revers de bras. D'un coup de patte, il fit voler par delà les remparts la couronne du roi qu'il venait d'occire. Puis, replaçant correctement la couronne qu'il portait sur le crâne, le Redoutable adressa paisiblement un regard complice à son compagnon : « Dakklius, mon ami, seul le donjon est endommagé. Mais cette large ouverture vers la lune me convient. Nous nous cacherons dans les catacombes le jour et nous sortirons ici la nuit. Pour les siècles à venir. Telle est ma volonté ! »

LES ÉDITIONS INFERNALES

Nathan était de ces écrivains maudits, à qui la poésie réussissait parfois, mais qui, dépourvu de moyens financiers, se perdait dans le désespoir. Et le désespoir nuisait à sa créativité. L'inspiration s'envolait au gré des petits boulots que les dockers lui confiaient. La concentration nécessaire à ses écrits était mise à mal par les tapages incessants du bar à marins situé en face de chez lui. Nathan louait une misérable chambre de bonne aux carreaux froids et salis par ce que drainait le vent marin. La vue sur le port le faisait voyager. Cette vue tantôt dégagée, tantôt embrumée, était sa seule distraction gratuite. Depuis son arrivée qui remontait à trois mois, Nathan se sentait prisonnier de cette maudite ville. En bon Européen qui voulait se rapprocher de l'Amérique, il s'était échoué en ces lieux. « Grâce au port, on me proposera toujours un travail, en attendant de voir mes histoires publiées ! » s'était-il mis en tête, loin de sa famille, de ses parents, de ses frères et sœurs. La révolution industrielle était en marche et les espoirs ambitieux se concrétisaient. Parfois. Nathan était bien entouré dans son village d'origine. Son frère aîné Laurent avait proposé ses services de talentueux bricoleur à une équipe d'ingénieurs qui développait une machine. Son culot et cette prise de risque avait fait de Laurent un homme à la situation confortable. C'est naturellement qu'il avait prêté une belle somme à Nathan. Mais deux billets de train en première, trois costumes sur mesure et quatre plantureuses prostituées avaient eu raison du pécule. Puisque Laurent le cancre avait réussi, Nathan ne voyait aucune raison d'échouer dans sa quête littéraire. En ce rude hiver 1847, la grisaille, le froid, la nuit quasi permanente et les lettres de maisons d'édition refusant ses œuvres finirent par avoir raison de Nathan. Timide et discret, Nathan faisait profil bas quand il arpentait son quartier. Il sortait rarement le soir et ne regardait personne dans les yeux, il rasait les murs. Un paradoxe pour celui qui, la plume à la main, rêvait de devenir célèbre à la lueur de la lampe à huile. Le luxe et les salons étaient sa principale motivation. Il ne s'en apercevait pas, loin des siens, seul parmi des milliers, mais son obsession de grandeur, c'était bien là le problème. Ou devrait-on dire, la cause de cette obsession était le problème. Le manque de confiance qu'il éprouvait pour son humble personne lui ordonnait d'être dans le paraître. Il mentait. Aux filles, au boulanger, à l'épicier, aux riches. Il avait le profil pour devenir escroc, tant son charme pouvait agir, mais il était trop honnête pour se lancer dans l'arnaque, l'idée ne l'effleurait même pas. La criminalité, ce n'était pas pour lui. Frêle, il se sentait inférieur aux voyous, leur faire concurrence était pour lui inconcevable. Ecrire, écrire, là était la seule issue. Ecrire de manière prolifique et continuer à envoyer des manuscrits. Multiplier les histoires achevées et les proposer. C'était là sa seule chance de survie. Oui mais… Dans le creux de la vague, la dépression nerveuse dissimulée dans l'obscurité de sa chambre, Nathan noyait sa douleur dans un verre de rouge, trois cadavres de bouteilles de vins aux qualités très inégales posés sur des feuilles désespérément blanches. Le jeune homme pleurait à chaudes larmes. Nathan avait reçu les réponses de toutes les maisons d'édition qui avaient reçu ses histoires fantastiques. Il fallait, c'était un avis unanime, revoir un grand nombre de points. Mais Nathan n'avait pas le courage de retravailler ce qu'il couchait sur le papier. Il passait systématiquement à un autre roman, s'y épuisait, espérant à l'arrivée, juste avant de poster les plis, que l'ouvrage allait être considéré comme accompli. Le désespoir était profond tant l'inspiration semblait hiberner, emprisonnée dans les glaciaux courants d'air qui parcouraient l'étroit habitat. Ce soir là, chez lui, tremblotant, Nathan compta les pièces qui lui restaient. Il avait juste de quoi aller s'acheter de l'absinthe. Un manteau troué de toutes parts dissimulant son beau costume sur mesure, Nathan sortit. Dans la rue, peu d'animation. Les marins se pressaient d'entrer dans les bars tant le froid était saisissant. Poursuivi par un vent côtier en dessous de zéro, Nathan pressait le pas. Surgit alors d'une ruelle une effrayante vision qui fit sursauter l'écrivain. Le freluquet romancier faisait face à une vieille mendiante extrêmement ridée, une damnée en guenilles. Nathan n'avait jamais vu cette personne auparavant. Il connaissait tous les mendiants des rues avoisinantes. Elle n'en était pas. L'inconnue lui saisit la main, lui pressant le poignet jusqu'à le contusionner. La douleur piquante s'ajouta à l'odeur d'urine que dégageait la vieille femme, plongeant Nathan dans une atmosphère désagréable. Une ambiance motivée par le froid, le dégoût et la peur avait paralysé le jeune homme. Quand elle ouvrit la bouche, son haleine en putréfaction submergea Nathan. « Toi l'écrivain, sache que dans quelques années, il en naîtra un comme toi. En Amérique. Comme toi, il vivra dans les bas fonds. Comme toi, il racontera des histoires de créatures fantastiques. Il ne le saura peut-être jamais, mais chacune de ces créatures existe. Oui, elles existent ! Elles ont besoin de vivre à travers vous, les conteurs. Aujourd'hui, elles n'en peuvent plus d'attendre Howard, tu comprends ? Elles ont besoin de toi ! »

Dans sa chambre, Nathan se réveilla en sursaut, ébloui par le soleil. Il avait dormi tout habillé. Il se rendit compte qu'il serrait un objet dans sa main. Il déploya ses doigts endoloris et découvrit qu'il pressait un médaillon aztèque. Nathan constata aussi qu'un bleu marquait son poignet. Après s'être levé difficilement, Nathan alla poser le médaillon sur la table. La dernière chose dont il se souvenait était sa chute sur les pavés crasseux en bas de chez lui. Il commença à se remémorer l'étrange rencontre avec la mendiante, ne pouvant ignorer que cet épisode fut rien réel. Nathan se demandait qui l'avait ramené chez lui. Les gens susceptibles de l'avoir croisé savaient-ils au moins où il habitait ? La probabilité était faible, d'autant plus qu'il était sorti sans document d'identité. Nathan sentait que la journée allait s'avérer particulière. Il faisait froid et sec, le soleil était radieux, en opposition avec les derniers jours gris et pluvieux. Nathan ouvrit la fenêtre. Le port était envahi par une douce lumière, créant des reflets magnifiques sur une mer calme. La ville ne ressemblait pas à ce qu'elle était d'habitude. Le marché aux poissons était animé, les sourires radieux. Nathan aurait pu sortir se mêler à la foule si l'inspiration ne l'avait pas appelé à ce moment là. Il s'empara d'un bout de pain et d'une tranche de jambon. Il dévora ce frugal repas avant de se rincer le gosier à grand renfort d'eau fraiche. Il s'installa à table et, comme happé par le médaillon, il écrivit, non pas une histoire, mais un bestiaire complet de chimères, monstres marins, démons à tentacules et êtres venus du ciel. A la tombée de la nuit, épuisé, Nathan reposa la plume. Il venait de noircir des dizaines de pages agrémentées de croquis, lui qui n'était pas axé sur le dessin, quoiqu'ayant un coup de crayon honorable. Il se leva et admira l'œuvre qui s'étalait sur la table. Il se décida à faire un feu. Bois, alcool, craquement d'allumette, le poêle fut mis en route par un

Nathan plein d'entrain. Mais lorsqu'il se retourna, Nathan fut saisi d'effroi. La vieille était là, tenant le médaillon qui, dans ses maigres mains ridées, paraissait neuf, étincelant d'or. Le cœur de Nathan battait la chamade.

— Tu vois l'écrivain, les histoires viennent, avec un peu de méthode. Créer sa mythologie avant de raconter l'histoire est la clef. Ces êtres ne demandent qu'à exister, mais ce ne sera pas sous ta plume. Toutefois, ils te remercient tous. Ils pourront être de sortie cette nuit grâce à toi. Espérons qu'ils se tiennent tranquilles, surtout le grand !
— Qui êtes-vous ?
— Peu importe. Considère moi comme une muse.
— On a vu plus attrayant…
— Nul besoin d'être désagréable, jeune homme ! Crée donc tes propres monstres. Raconte-les toi, et fais les participer à tes histoires. Le succès sera garanti !
— Mais… Et ceux là, j'ai passé la journée…
— Ce ne sont pas les tiens ! Ils sont destinés à un autre !

Pris d'un terrible mal de crâne, Nathan alla s'asseoir au bord de son lit. La vieille femme se passa le médaillon autour du coup avant d'envoyer d'un geste, telle un prestidigitateur, les pages de Nathan au feu. Nathan éclata en sanglot, cloué sur place par une force inexpliquée. Alors qu'il regardait impuissant les flammes passer par diverses couleurs fluorescentes, il sentait - paradoxalement - la mélancolie le quitter à chacune de ses larmes. Les sanglots étaient salvateurs. Pour la première fois de sa vie, pleurer lui prodiguait un bien fou. Quand il se retourna pour s'adresser à la mendiante, cette dernière avait disparu. La nuit venait de tomber. Les cris d'une petite foule impressionnée s'élevèrent alors. Nathan venait de regagner ses forces. Il se précipita à la fenêtre. Les marins, dockers, prostituées, voyous et passants étaient tétanisés face à un spectacle exceptionnel. Plongé dans une semi obscurité, un géant à tentacules se tenait hors de l'eau, à deux cent mètres du quai. Le dos tourné, il marchait lourdement, provoquant de hautes vagues. L'eau menaçait de passer par dessus le quai. « Eclairez-le, éclairez-le ! », Criait un pêcheur. L'être au loin plongea et on ne le vit plus, même en braquant toute la lumière disponible en sa direction. Du cinquième étage, c'était bien Nathan qui l'avait le mieux vu. Il l'avait dessiné dans l'après midi. Il l'avait décrit. Mais il ne lui appartenait pas. « Ta créativité est suffisamment forte pour en créer d'autres ! » se dit le jeune homme. Nathan retourna s'asseoir au bord du lit. Il regarda son poignet. Le bleu avait disparu. « Tu n'as pas à t'écorcher pour réussir. Tu manques à ta famille. Ils te manquent. Ils t'attendent. Ecris en restant près des tiens. L'Amérique attendra ! »

Plus que jamais, Nathan savait ce qu'il voulait. Les histoires qu'il écrivit d'une traite trois jours plus tard furent terrifiantes. Il vendit quelques exemplaires de ses livres, juste de quoi vivre décemment quelques temps. Puis, sur les conseils de Laurent, en bon investisseur prévoyant, Nathan ouvrit une maison d'édition qui eut un grand succès en publiant, entre autres, les contes pour enfant d'une jolie jeune femme qu'il finit par épouser. Une semaine après leur union, ils déménagèrent quelque part en Amérique.

L'écrivain ignorait qu'à des milliers de kilomètres de sa nouvelle vie, le logement qu'il avait occupé allait connaître un parcours des plus singuliers.

Les locataires qui succédèrent à Nathan dans la chambre de bonne furent au nombre de treize. Les dix premiers y vécurent plus ou moins normalement. Puis les évènements qui s'y déroulèrent furent pour le moins choquants. Fait troublant, les trois derniers locataires en date étaient des créatifs sans le sou. Le premier de ces artistes désargentés, Stan, auteur de théâtre, se tira une balle dans la bouche. Le second, un marginal surnommé Red, peintre de son état, se taillada les veines dans la baignoire. Le troisième, Bergen, photographe expérimental incompris, se défenestra, plongeant la tête la première. Tous trois avaient laissé une note écrite identique. « Il flotte et tourne au dessus de moi quand je suis couché. Il brille et demande que je le porte autour de mon cou. Je m'y refuse. Je ne dors plus, je veux dormir. En finir sera mon seul repos. »

Le 20 août 1890, le quartier portuaire où avait vécu Nathan fut rasé afin d'agrandir les quais.

TABLEAU MAUDIT

Flavio excellait. Chaque coup de pinceau produisait son effet magique. La toile s'imbibait et les rares élèves qui avaient le droit d'observer le maître s'émerveillaient dans la seconde.

Cet après-midi là, seul dans son vaste atelier de Florence, Flavio sentit sa main trembler. Face à une nature morte, Dieu merci. Aucun élève, aucun modèle, aucun témoin... Mais la maladie, entrée par effraction dans la vie d'un génie, elle, la terrible tremblote, était désormais bien présente entre les murs.

À tort pétri de honte, Flavio se rendit chez la voyante. Celle-ci ne vit rien de bon. La jeune femme au regard perçant conseilla au maître de se rendre dans les bois afin d'y rencontrer la sorcière Ortanziia.

La terrifiante centenaire avait un visage inhumain et semblait venir d'un autre monde.

Elle donnait cette perpétuelle impression de s'être résignée à demeurer après avoir échoué sur notre planète. Jetant des herbes dans un chaudron fumant, Ortanziia faisait jaillir des flammes fluorescentes sous les yeux à la fois apeurés et fascinés d'un Flavio au désespoir. La sorcière prononça quelques formules dans un langage qui ressemblait à ce qui aurait pu être celui des serpents. Son petit cirque enfin terminé, Ortanziia tendit son bras squelettique vers le bas, comme si ce membre atrophié était devenu difficile à porter. Naïvement, Flavio déposa une bourse de pièces en or dans la main déployée de la créature. Celle qui, dans le silence de sa cabane lugubre, n'avait jusqu'alors pipé mot compréhensible, déclara au maître :

— N'as-tu pas compris ? C'est ton âme que je veux.

— Mon âme ? Mais pourquoi ? bafouilla le pauvre mortel.

— Elle sera mon moyen de transport pour revenir chez moi, par-delà les étoiles et le temps.

— Mais il n'en est pas question ! Pour mon âme, je m'en remettrai à Dieu.

— Epargne-moi tout cela, ignorant ! Là où tu te trouves, ton céleste créateur ne peut t'aider.

— Annule ton sort et garde l'or, il peut s'avérer utile en ce monde que tu ne sembles pas connaître comme tu le devrais ! Je ne veux pas être guéri dans ces conditions.

— Trop tard !

— Ici, nous agissons par contrats. Je suis au regret de te l'apprendre.

— Je t'ai guéri !

— Tant pis pour toi, tu devais définir le paiement avant d'agir !

— Qui t'a dit qu'il fallait m'apporter de l'or, qui ?

— La voyante...

— Tu mens !

— Oui, je mens... J'avoue ! Elle ne sait comment tu veux être payée. J'ai pensé que...

— Tu pues la peur ! L'or te sort de toutes les situations à Florence, mais ici, dans les bois, tu es chez moi ! Tu as cru m'acheter pauvre fou !

— Non, je veux honnêtement de payer !

— Que tu es fourbe et lâche ! Je n'en veux pas de ton âme défaillante pour me propulser dans les canaux de lumière. J'en trouverai une autre. Va !

Se sentant à la fois mal à l'aise moralement et très en forme physiquement, le peintre ne demanda pas son reste. Il sortit du taudis fumant. Un peu sonné, Flavio déambula sans réfléchir dans la nature, puis, se ressaisissant, reconnaissant la ville au loin, il s'éclipsa avant la tombée de la nuit. « Voir cette horrible chose en son domaine est un véritable tableau maudit ! » pensa Flavio en fixant le sol pavé. L'artiste l'ignorait mais, capuche patinée et crasseuse rabattue sur le crâne, Ortanziia le suivait dans chacune des rues. Malgré elle, la cité des talents venait d'accueillir en son sein un être malveillant et destructeur.

Le lendemain matin, Flavio se sentit dans une forme olympique. La servante lui apporta son petit déjeuner et l'artiste se remit au travail. Progressant avec rapidité sur la nature morte commencée la veille, Flavio se découvrit incroyablement motivé pour aller rendre visite à Olivia, l'un des modèles les plus en vue du moment. « Nous avons si peu travaillé ensemble elle et moi. Voyons si elle est disponible ! » se dit le maître en se coiffant d'un de ses plus élégants couvre-chefs.

Olivia accueillit le maestro dans son jardin. La Florentine avait fait fortune grâce à ses talents. Artiste complète, elle faisait figure de muse et respectait les artistes et les diverses visions qui les animaient. Au milieu de ce qui devait être la plus impressionnante propriété du secteur,

Flavio se lança dans la description de la peinture qu'il avait imaginée. Alors qu'elle l'écoutait tout sourire, Olivia afficha soudain le masque de la terreur. Inquiet, Flavio perdit le fil. Il comprit rapidement que ce qui effrayait la Florentine se trouvait derrière lui. L'as des pinceaux se retourna. Dans un sursaut, il reconnut l'hideuse créature ensorceleuse. Claudiquant mais avançant à vive allure, l'ennemie au sourire édenté fixait la splendide humaine pétrifiée. Ignorant le peintre qu'elle avait rencontré la veille, Ortanziia vint se planter devant Olivia. De sa voix sifflante, l'être venu d'autres contrées s'adressa au modèle :

— Toi ! Oui, toi tu vas me donner ton âme !

— Qui es-tu ? demanda avec empathie Olivia qui commençait à avoir pitié de la créature qui semblait souffrir à chaque mouvement.

— Oui, ton âme est pure petite... Tu es prête à me comprendre... Tu es une belle âme.

— Elle ne sera pas ton carrosse de luxe ! entonna Flavio, la dague à la main.

— Tu ne le sais peut-être pas, mais malgré le fait que je t'ai retapé... Tu restes un vieil homme ! souffla Ortanziia dans un regard de défi.

— Que dire de toi ?

— C'est votre planète et ses lois naturelles qui ont fait de moi l'être que tu vois ! De retour dans ma dimension, je ressemblerai à autre chose.

— Tu demeureras tout de même laide ! lança avec haine Flavio, sous le regard déçu d'Olivia.

— Il est tout à votre honneur de me défendre maestro, toutefois, veuillez ne pas accabler cet être perdu.

— Merci ma petite, lâcha la sorcière, tu es lucide. Il n'a pas une belle âme. Il ne pense qu'à ses intérêts. Te séduire fait partie de ses plans.

— Ne lui en veuillez pas. Il n'est pas le pire des hommes. Jamais il ne me forcerait.

— Olivia, c'est honorable de ta part de chercher à éviter le pire à ce mortel. Je m'occuperai de lui plus tard ! souffla Ortanziia tout en débutant le processus dans un tour de main.

— Que lui fais-tu ? hurla terrifié Flavio en voyant Olivia tomber à genoux.

— Reste ou tu es le fourbe, bientôt tu ne me verras plus et tu pourras étreindre son enveloppe sans vie pour pleurer dans son cou tel un enfant !

Sans hésiter plus longtemps, Flavio transperça Ortanziia du bas du dos vers le torse. Dans un soupir, la créature aux yeux écarquillés déclara : « Je ne t'en aurais jamais cru capable ! » Au moment où la sorcière rendit l'âme, son corps et ses vêtements se transformèrent en sable fin qui commença à s'éparpiller au gré du vent. Olivia reprit bruyamment son souffle. Flavio lâcha son arme et aida la jeune artiste à se relever.

— Flavio ! Je vous dois la vie. Mais... Où est-elle ?
— Envolée. Détruite.
— Pourquoi est-elle venue ? Suis-je maudite ?
— Non, elle est venue ici par ma faute.
— Mais Flavio, vous tremblez ?
— Oui, lança le maître en regardant sa main chancelante, c'est le destin.
— Le choc de ce que nous venons de vivre.
— Non... La guérison est levée, logique...
— De quoi parlez-vous ?
— De ce que je dois accepter ! lâcha Flavio en fondant en larmes.

Sans un mot, Olivia prit dans ses bras le vieux peintre. L'espace d'une seconde, la bienveillance de la muse procura à l'artiste un intense bonheur, bien supérieur à celui qu'il recevait, parfois, en peignant. Dans les bras d'Olivia, Flavio ouvrit les yeux et s'émerveilla

face au paysage qui s'offrait à lui pour une
retraite hautement méritée.

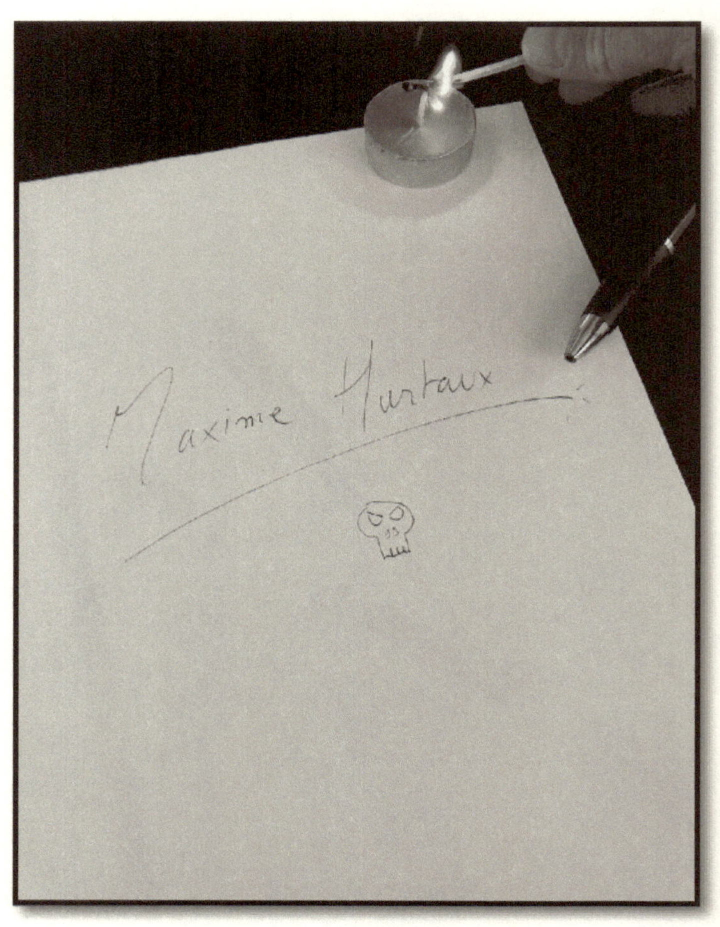

Maxime Hurtaux

LE MOT DE L'AUTEUR

Merci à vous qui venez de dévorer mes récits... Je l'espère, à pleines dents...

Si les images, textes et ambiances vous ont transporté, je vous donne rendez-vous pour de prochains récits... Horrifiques.